suhrkamp taschenbuch 2604

W0062142

Das Lächeln des unbekannten Matrosen schildert Sizilien vor 130 Jahren, als Garibaldis Truppen die Insel eroberten und befreiten. Schildert den Adel in Gestalt des Barons von Mandralisca, der Antonello da Messinas Porträt eines Unbekannten, hinter dem sich ein demokratischer Verschwörer verbirgt, erworben hat, schildert aber vor allem das geknechtete Volk, das sich von Garibaldi 1860 vergebens die eigene Befreiung aus Not und Ausbeutung erhofft. Sein Aufstand gegen die alten endet mit Kerker und Tod unter den neuen Herren.

»Mit dem bedeutenden Roman *Das Lächeln des unbekannten Matrosen* gelingt es dem 1933 geborenen Sizilianer Vincenzo Consolo ... auf überzeugende Weise, das ramponierte Genre des historischen Romans zu aktualisieren. Sein Szenario Siziliens enthält alle Elemente eines spannenden Romans – Intrige, Kampf, Liebe, Landschaft, die Auseinandersetzung zwischen Adel, Bürgertum und Volk –, aber er wird bedeutsam erst durch die unerhört differenzierte Darstellung der verschiedenen Sprechweisen, in denen sich die je andere Argumentation der Wahrheit ausdrückt.«   *Michael Krüger*

Vincenzo Consolo, Sizilianer, geboren 1933, lebt seit 1968 in Mailand, veröffentlichte *Die Wunde im April* (BS 977) und zuletzt – mit großem Erfolg – den Roman *Le pietre di Pantalica*.

Vincenzo Consolo
Das Lächeln des unbekannten Matrosen

Roman

Aus dem Italienischen
von Arianna Giachi

Suhrkamp

Titel der Originalausgabe:
Il sorriso dell'ignoto marinaio.
Die deutsche Übersetzung erschien zuerst 1984
im Insel Verlag
Umschlagentwurf: in medias res
Umschlagfoto: Jacopa Bassano. Die Enthauptung Johannes des Täufers.

suhrkamp taschenbuch 2604
Erste Auflage 1996
© Giulio Einaudi editore s.p.a. Torino 1976
© dieser Ausgabe Suhrkamp Verlag Frankfurt am Main 1996
Suhrkamp Taschenbuch Verlag
Alle Rechte vorbehalten, insbesondere das
des öffentlichen Vortrags, der Übertragung
durch Rundfunk und Fernsehen
sowie der Übersetzung, auch einzelner Teile.
Druck: Nomos Verlagsgesellschaft, Baden-Baden
Printed in Germany

1 2 3 4 5 6 – 01 00 99 98 97 96

Antonel di Sicilia, dieser berühmte Mann ...
Giovanni Santi, Cronica rimata

Das Spiel mit der Ebenbildlichkeit ist in Sizilien
ein delikates, hochsensibles Ausloten, ein Mittel
der Erkenntnis [. . .] Die Bildnisse von Antonello
sind solche Ebenbilder, sie sind die Idee, der
Archetypus der Ebenbildlichkeit [. . .] Wessen
Ebenbild ist der Unbekannte im Museum Mandralisca?
Leonardo Sciascia, L'ordine delle somiglianze

Erstes Kapitel
Das Lächeln des unbekannten Matrosen

Vorgeschichte

Seefahrt des Barons Enrico Pirajno di Mandralisca von
Lipari nach Cefalù mit dem kleinen Tafelbild von Antonello,
dem Porträt eines Unbekannten, aus der Türfüllung eines
Schrankes im Laden des Apothekers Carnevale. Das Bildnis
ist durch zwei Kratzer leicht beschädigt, die sich ausgerechnet mitten auf den lächelnden Lippen des Dargestellten
kreuzen. Die Leute in Lipari behaupten, die Apothekers-
tochter Catena, die im stattlichen Alter von fünfundzwanzig
Jahren noch unverheiratet ist, habe – an einem düsteren
Sciroccotag –, vom unerträglichen Lächeln dieses Mannes
irritiert, ihm die beiden Schrammen mit dem Agavenstachel
beigebracht, der ihr dazu diente, Löcher in die Leinwand zu
stechen, die auf ihren Stickrahmen gespannt war. Und das
sei, so glaubt man, der Grund dafür gewesen, der den
Apotheker Carnevale veranlaßte, dem Baron Mandralisca
das Porträt zu verkaufen: zum Wohl seiner Tochter, um sie
frohgestimmt zu sehen, wenn sie hinter dem Ladentisch
stickte oder Rezepte entzifferte, wofür sie eine besondere
Begabung hatte. (Im Handumdrehen vervollständigte sie
Initialen, entzifferte Arabesken, Schnörkel und Schlenker,
enträtselte Gedankenstriche und Auslassungspünktchen.)
Zwischen dem Ladentisch und den Regalen mit all ihren
Flaschen, Salbbüchschen, Apothekerkrügen, Schachteln und
Töpfen war sie in dem Lichtkegel, der durch ein seitliches
Ochsenauge in den Raum fiel, für die rasch aufblitzenden
Blicke der jungen Leute, die auf der San-Bartolomeo-Straße
hin und her schlenderten, nur halb und halb zu sehen. So

blieb die schöne, unnahbare Catena ein Geheimnis: Hütete sie eine Liebe, die sie nicht eingestehen durfte, oder machte es ihr lediglich Spaß, die verborgenen Leidenschaften anderer bis zum Unerträglichen zu schüren?

12. September 1852, Fest des heiligsten Namens Mariä.
Und nun kam die große Insel in Sicht. Die roten und grünen Leuchtfeuer auf den Türmen der Küste flackerten, flimmerten, wurden wieder deutlich sichtbar. Während der Frachter in die Bucht einfuhr, hatte er allmählich aufgehört zu schlingern. Im Kanal zwischen Tíndari und Vulcano hatten die vom Scirocco aufgepeitschten Wellen von allen Seiten an ihm gerüttelt. Die ganze Nacht hindurch waren für Mandralisca, der im Bug an der Reling stand, nichts als das Brausen des Wassers, ein Knarren, das Schlagen der Segel und ein Röcheln zu hören gewesen, das sich je nachdem, woher der Wind kam, näherte oder entfernte. Und nun, als das Schiff schnurgerade auf dem beruhigten und wie erstarrten Meer in den Golf einlief, hörte er das lang anhaltende und gleichmäßige Röcheln deutlich im Dunkeln hinter seinem Rücken. Ein qualvolles Ächzen, das aus verhärteten und verkrampften Lungen kam, rasselnd und stoßweise durch die Luftröhre aufstieg und mit einem leisen Wimmern den Mund verließ, von dem man ahnte, daß er weit aufgerissen war. Im matten Licht der Laterne gewahrte Mandralisca ein Schimmern, das vielleicht das Weiß von Augen war.
Er betrachtete das Himmelsgewölbe mit seinen Sternen, die große Insel vor sich, die Leuchtfeuer auf den Türmen. Grob aus Sandstein und Mörtel gemauert, reckten sie ihre fünfzakkigen Zinnen auf den Felsen empor, an denen sich von Norden kommende Winde und Sturmfluten brachen. Sie gehörten zu Calavà und Calanovella, zu Lauro und Gioiosa, zu Brolo . . .
Auf dem Söller des Kastells der Lancia steht, von Übelkeit befallen, Madonna Bianca. Sie seufzt, speit und späht nach

dem Horizont. Sie windet sich im sanften Zephir. Friedrich
gesteht seinem Falken:

> O Gott, war ich von Sinnen,
> da ich den Ort verlassen
> wo's mir so gut ergangen.
> Jetzt muß ich teuer zahlen
> und schmelze hin wie Schnee . . .

Hinter den Leuchtfeuern, der Küste entlang, lagen unter den
Olivenbäumen Städte. Abacena und Agatirno, Alunzio und
Calacte, Alesa . . . Städte, in denen Mandralisca kniend mit
bloßen Händen geschart hätte, wäre er sicher gewesen, dort
ein Gefäß, eine Öllampe oder auch nur eine Münze zu
finden. Doch in Wirklichkeit waren das nur noch schatten-
gleiche Namen, Klänge, Träume. So drückte er das in
Wachstuch gewickelte Tafelbild, das er aus Lipari mitgebracht hatte, fest an seine Brust, betastete mit seinen Fingern
dessen handfeste Realität und sog das zarte Arom von
Kampfer und Senf ein, mit dem es sich nach so langen Jahren
im Laden des Apothekers durchtränkt hatte.

Doch sofort traten diese Gerüche hinter anderen zurück, die
mit dem Scirocco im Galopp vom Land her kamen. Strenge,
starke Düfte von wildem Knoblauch, Fenchel, Dost, Lor-
beer und Bergminze. Und mit ihnen zusammen Kreischen
und Flügelschlagen von Möwen. Gleich einem riesigen
Fächer stieg eine mächtige Helligkeit aus der Tiefe des
Meeres auf. Die Sterne erloschen, die Leuchtfeuer auf den
Türmen verblaßten.

Das Röcheln war in einen trockenen, hartnäckigen Husten
übergegangen. Mandralisca sah jetzt im bleichen Mor-
genschein einen nackten Mann, dunkel und dürr wie ein
Olivenbaum. Mit erhobenen Armen klammerte er sich so
fest an eine Rahe, daß sie sich zu einem Bogen spannte, den
Kopf hatte er zurückgeworfen und versuchte, seinen ähren-
förmigen Brustkorb zu weiten, als wolle er sich von einem
Klumpen befreien, der seine Brust peinigte. Eine Frau
trocknete ihm Stirn und Hals. Als sie die Anwesenheit des

vornehmen Herrn bemerkte, nahm sie das Tuch von ihren Schultern und legte es um die Hüften des Kranken. Den Mann schüttelte ein letzter schrecklicher Hustenanfall, sofort lief er zur Reling. Bleich, mit weit aufgerissenen, starren Augen kehrte er zurück und drückte sich einen Lumpen auf den Mund. Seine Frau half ihm, sich zwischen dem Tauwerk auf dem Boden auszustrecken.

»Staublunge«, flüsterte eine Stimme dem Baron fast ins Ohr. Mandralisca sah sich einem Mann mit seltsamem Lächeln auf den Lippen gegenüber. Ein ironisches, aufreizendes und zugleich bitteres Lächeln, das Lächeln eines Mannes, der viel weiß und viel gesehen hat, der die Gegenwart kennt und die Zukunft ahnt und sich gegen den Schmerz der Erkenntnis und ein ihn ständig anwandelndes Mitleid wehrt. Seine Augen unter den schwarzen Bögen der Brauen waren klein und durchdringend. Zu beiden Seiten des Mundes furchten zwei Falten sein hartes Gesicht, als sollten sie sein Lächeln abschließen und zugleich noch stärker betonen. Der Mann trug Matrosenkleidung, auf dem Kopf die steife Tuchmütze, dazu Kittel und Sackhosen. Doch bei genauem Hinschauen erwies er sich als ein seltsamer Matrose. Er war weder von der schläfrigen Gleichgültigkeit noch von der stumpfen Abwesenheit von Leuten, die auf dem Meer zu Hause sind, sondern von der wachen Aufmerksamkeit eines Mannes, der immer zwischen Menschen und deren Geschicken an Land gelebt hat. Zudem zeichnete er sich durch die Würde eines vornehmen Herrn aus.

»Staublunge«, fuhr der Matrose fort. »Der Mann arbeitet in einer Bimssteingrube auf Lipari. Leute wie ihn gibt es auf der Insel zu Hunderten. Sie werden keine vierzig Jahre alt. Die Ärzte wissen nicht, was sie mit ihnen anfangen sollen, deshalb kommen sie hierher, um von der schwarzen Muttergottes von Tíndari ein Wunder zu erflehen. Apotheker und Kräuterkundige behandeln sie mit Senfpflastern und Heiltränken und werden fett davon. Wenn die Leute tot sind, schneiden die Ärzte sie auf und studieren dann diese weißen steinharten Lungen, an denen sie ihre Skalpelle schleifen können. Wonach suchen sie? Das ist Stein, Bimssteinstaub. Sie begreifen nicht, daß es nur darauf ankommt, ihn nicht einatmen zu müssen.«

Und nun lächelte er, bitter und sofort ironisch, als er auf dem Gesicht des Barons Staunen und Bekümmerung gewahrte. Mandralisca folgte zwar dem, was der Matrose sagte, fragte sich aber schon seit einem Weilchen, wo in aller Welt und wann er diesen Mann schon gesehen hatte. Er war sicher, daß er ihm nicht zum ersten Mal begegnete, er hätte sein Gut Colombo oder das Mischgefäß mit dem *Thunfischverkäufer* aus seiner Sammlung darum gewettet. Aber *wo* hatte er ihn gesehen?

Doch unter dem scharfen, forschenden Blick des Mannes wandten sich seine Gedanken wieder dem Grubenarbeiter zu. Jenseits von Canneto, nach Westen hin, steigt ein blendend weißer Berg aus dem Meer auf, Pelato, der Kahle, genannt. Hier schürft eine Unzahl von Männern, ein schwarzes Gewimmel von Taranteln und Mistkäfern, unter einer wie in Marokko glühenden Sonne den porösen Stein mit Spitzhacken. Unter Körben gebeugt, kommen sie aus Löchern, Höhlen und Stollen, schlittern über schmale Bretterstege, die bis ins Meer hinaus zu den Segelschiffen reichen. Hinter diesen Bildern versuchte Mandralisca andere zu verdrängen, verschwinden zu lassen (Vögel im Keilflug am stürmischen Himmel, die nach Afrika ziehen, grüne Schnecken, die auf dem Gestein Silberstreifen hinterlassen, hohe, biegsame Palmen, die den Schoß ihrer Deckblätter über den weißen, österlichen Blütenständen öffnen), die gerade jetzt, wer weiß aufgrund welcher Assoziation oder Gegensätzlichkeit, sich nachdrücklich in den Vordergrund schoben. Und damit traten sie, zum Mißfallen des Barons, in das Blickfeld seines prüfenden und urteilenden Gegenübers, und zwar nach Bänden geordnet, mit Titel, Druckvermerk, Erscheinungsjahr in Gestalt der Studien, deren der Baron zu anderen Augenblicken sich mit einem gewissen Stolz, mit einer gewissen Befriedigung aus ganzem Herzen erfreute. Denn diese Studien hatten ihm die Pforten der bedeutendsten Akademien des Königreiches erschlossen, der Gioenia, der Peloritana und der Akademie der Eifrigen Pilger: »Katalog der Vögel, die ständig oder auf dem Durchzug auf den Äolischen Inseln leben«, »Katalog der Erd- und Wassermollusken in den Madoníe und ihrer Umgebung«, »Katalog und Befruchtungssystem der Palmen«.

Der Matrose las und lächelte voll mitleidiger Ironie.

Vom Heck ertönte Stimmengewirr und das metallische Klirren der Ankerkette, die abrollte und im Wasser versank. Das Schiff hatte Olivèri unterhalb des Felsens von Tíndari erreicht. Der Matrose verließ den Baron und ging eiligen Schrittes zum Fockmast hinüber.

Die Sonne, die jetzt strahlend über dem Horizont stand, beleuchtete das Vorgebirge mit dem Theater, dem Gymnasium und der Wallfahrtskirche auf seinem Gipfel, der sich senkrecht über der weiten Fläche aus Wasser und Land erhob. Dieser Strand glich einer Stickerei aus Gold und Email. In gewundenen Zungen, Kreisen und Schnörkeln schuf der gelbe Sand Tümpel, Kanäle, Seen, Buchten. Das Wasser enthielt alle Blau- und Grüntöne. Schilf und Röhricht wuchsen in ihm, Moose und klebrige Gespinste. Fette Fische schwammen darin, träge Reiher und langsame Möwen glitten darüber hinweg. Auf dem Strand schimmerte das Perlmutt von Miesmuscheln und anderem Schalengetier, dazu das Weiß der kalkgepanzerten Seesterne. Kleine Boote mit Masten ohne Segel, die reglos auf den stehenden Wassern zwischen den Dünen lagen, schienen von den Gezeiten hier angeschwemmt. Drückend feuchte Luft, ohne einen Hauch des Scirocco, der nur an den tiefhängenden, zarten, ausgefransten Wolken wahrzunehmen war, lastete auf dem Strand. Welches kosmische Ereignis, welches schreckliche Erdbeben hatte die höchste Erhebung des Felsens und mit ihm die antike Stadt, die auf ihm lag, ins Meer gestürzt? Ach, all die Schätze, die nun verstreut unter diesen grünen

Wassern und diesem Sand lagen, die gänzlich unbekannten Kräuter, die ungeahnte Vegetation, die Verkrustungen, welche die weißen glatten Schultern, die Arme und Schenkel von Standbildern der Venus und der Dioskuren bedeckten.

Gleichmütig wartet dort Adelasia, die Alabasterkönigin mit starren Spitzen am bauschigen Gewand, auf den Zerfall des Klosters. »Wer da, in Gottes Namen?« Die Frage der einsamen Äbtissin, in ihrer Jahrhunderte währenden Klausur, verhallt in den Zellen, den riesigen Räumen, den leeren Gängen. »Schickt Euch der Erzbischof?« Und draußen nichts als Leere. Strudel von Sonnen, Tagen und Wassern. Windböen, Wirbelstürme, abblätterndes Sandsteingemäuer, Dünen, die sich einebnen, Hügel, Steingeschiebe, Zerfall. Die Distel wächst empor und windet sich, bietet an ihrer Spitze der leeren Augenhöhle des weißen Esels die bebende, durchscheinende Blüte dar. Licht, das brennt, beißt, Kanten, Ecken, Umrisse verschlingt, Töne und Flecken auflöst, alles entfärbt. Verklebt Grasbüschel, bleicht das Gebüsch aus und läßt hinter der schuppig bewegten Ebene den Horizont verschwinden, vermischt alles mit allem.

Doch auf dem Felsen, am Saum des Abgrunds birgt die kleine Wallfahrtskirche die *schwarze Byzantinerin,* die *Virgo formosa,* umhüllt vom vollkommenen Dreieck ihres Umhangs, der von Granaten, Perlen und Aquamarinen funkelt, die dem Leid enthobene Königin, die stumme Sibylle, libysches Ebenholz. Als einzige Geste umfaßt sie mit der Hand den Griff ihres Zepters, das Silber dreier Lilien.

»Kümmere dich um deinen eigenen Mist!« herrschte Mandralisca den Rosario an.

Das Gesicht noch von Schlaf verhangen, war der livrierte Diener soeben erschienen und bat seinen Herrn, sich zur Ruhe zu begeben.

»Aber Exzellenz, das tut doch kein Christenmensch, die ganze Nacht draußen auf den Beinen bleiben und dabei dauernd dieses Stück Holz wie einen Säugling an die Brust drücken!«

»Sasà, ich weiß, was ich hier bei mir trage. Wenn du weiter schnarchen willst, schnarch ruhig weiter, du Murmeltier!«

»Schlafen, Exzellenz? Der Blitz soll mich treffen, wenn ich auch nur ein Auge zugetan habe. Mit den vier Langustenscheren, die ich gestern abend ausgesaugt habe, mußte ich die Fische füttern. Nicht eine einzige habe ich bei mir behalten.«

»Ja, und von dem Fleisch in dem Panzer, der auf diesen vier Scheren herumspaziert war und nun in Kapernsauce ertrank, auch nichts.«

»Jawohl, Exzellenz. Es war köstlich. Wie schade!«

»Und wie du das alles begossen hast, darüber wollen wir gar nicht reden.«

»Jawohl, Exzellenz. Mit süßem Wein. Aber ich sagte . . .«

»Sasà, wir haben verstanden. Geh wieder schlafen.«

»Jawohl, Exzellenz.«

Aufrecht im Mastkorb stehend, blies der unbekannte Matrose dreimal in das Muschelhorn, und dreimal brach sich der Klang am Fels und kehrte zu dem Segelschiff zurück. Vom Strand erhob sich ein Schwarm von Wasserhühnern und Möwen, von der Klippe fielen Raben und Krähen ein. Ein großes Boot mit vier Rudern legte vom Ufer in Olivèri ab. Aus den Winkeln der Decks, aus den Kielräumen tauchten Gruppen von Pilgern auf. Zerzauste Frauen, die um eines Gelübdes willen barfuß gingen, alte Mütterchen mit allerhand Körben und kleinen Kindern auf dem Arm, Männer, die mit Säcken, Fäßchen und Korbflaschen beladen waren. Sie brachten Wein aus Pianoconte, Malvasier aus Canneto, Weißkäse von Vulcano, Korn aus Salina, Kapern aus Acquacalda und Quattropani. Und alle hielten hocherhoben in den Händen Köpfe, Beine, Oberkörper, Brüste und geheime Organe, an denen da und dort, dunkelblau oder schwarz bemalt, Auswüchse, Schwellungen und Wunden zu sehen waren, die Übel, die diese Glieder aus rosa und fleischfarbenem Wachs entstellten. Der Arbeiter aus der Bimssteingrube trug jetzt auf der nackten Haut einen Umhang aus Ziegenwolle mit Kapuze und hielt in der Hand eine gewaltige Kerze, die ebenso groß wie er selber war. Seiner Frau hingen an einem Riemen, der in ihren Nacken einschnitt, zwei birnenförmige, von Öl glänzende Cacciacavallo-Käse über die Brust. Das große Boot berührte die Planken des Segelschiffes, und die Pilger drängten sich mit Rufen und Schreien an das Fallreep, um an Land zu kommen.

Eine Speronara stach in See, die Kochgeschirre, Wasserkrüge, Amphoren, Kannen, Teller, Schüsseln und Kapernkrüge aus den Fabriken in Marina di Piatti geladen hatte. Ihr Deck war mit weißem Marmor befrachtet. Vier Standbilder von Konsuln in ihren Togen standen aufgereiht an der Spitze des Bugs und blickten vorwärts wie Kapitäne, eines mit Kopf, die drei anderen ohne. Kopfüber spiegelten sie sich im Wasser. Hinter ihnen lagen ebenfalls Marmorstücke. Und noch weiter hinten standen in tönernen Töpfen Reihen von Orangen-, Zitronen-, Mandarinen-, Bergamott- und Limonenbäumchen. Sie kamen aus den Baumschulen in Mazzarà. In der dortigen Wärme und Feuchtigkeit wuchsen sie üppig und strotzend heran wie in einem Steinbruch, einer Höhlung, einer Grube, einer Leistenbeuge, einer Vulva (Herr Baron?!), um dann Treppenaufgänge, Wintergärten, Galerien und Pavillons von Palästen und Höfen wie in Palermo, Neapel und Caserta, Versailles und Wien zu schmücken. Langsam und lautlos glitt die Speronara unterhalb des Segelschiffs vorbei, auf dem sich Mandralisca befand, der sie so nach Herzenslust betrachten konnte.

Von den Marmorstücken hinter den Standbildern stellte eines *zwei Füße mit den Beinen bis zu den Oberschenkeln eines nackten Jünglings in erlesenster griechischer Arbeit dar, mit einem reich verzierten Altar aus weißem Alabastermarmor auf der linken Seite. Daneben zwei große Brocken eines Marmorstandbildes, die zusammen den Torso eines Mannes von gigantischer Statur bildeten. Auf einem dieser Fragmen-*

te war der reich mit Flachreliefs verzierte Panzer zu sehen, unter anderem eine auf die Brust hängende Medaille mit einem Struwwelkopf, wie man ihn von vielen Münzen kennt. Von der rechten Schulter fiel eine fein gearbeitete Borte über die Brust. Auf der linken Schulter war der Knoten des Palliums zur Bedeckung des Rückens elegant geschürzt. Auf dem Bauch waren zwei Flügelrösser zu erkennen. Das andere Marmorstück bestand aus dem Rest des Panzers mit Fibeln und Medaillen über dem Waffenrock, der die unterhalb von ihm abgeschnittenen Schenkel bedeckte. Auf den Medaillen waren Tierköpfe sowie da und dort ein Menschenkopf dargestellt. Die Existenz dieser Stücke in Tíndari ließ vermuten, es handele sich um Teile eines Standbildes der Dioskuren, die in der Dichtung stets militärisch gekleidet auftreten.

Ach, zum Teufel mit all dieser Schönheit!

Doch wohin wandte sich die diebische Speronara, nach dem weißen, euryalischen, felsigen Syrakus oder nach dem roten, herrischen, palmenreichen Palermo? Ein Pirat, ja ein Pirat hätte der Baron sein mögen und mit einer raubgierigen Rudermannschaft dieses Boot überfallen, um es durch salzige oder von frischem arethusischem Flußgeäder süße Wasser zu dem geliebten Hafen von Vescio unterhalb des Burgbergs bei Cefalù mit seinen Schwärmen von Meeräschen zu schleppen. Reingelegt hätte er so Bíscari, Asmundo Zappalà, den Kanonikus Alessi, ja am Ende den Kardinal, Pèpoli, Bellomo und vielleicht sogar Landolina.

Auf den Serpentinen der Straße, die über den Fels von Olivèri zur Wallfahrtskirche hinaufführt, entfaltete sich die Prozession der anderen Pilger, die von den Feldern und Dörfern des Val Dèmone zum Fest Mariä Geburt nach Tíndari kamen. Bei ihrem Aufstieg sangen sie ein unverständliches Lied, dessen Klänge von der Spitze des Zuges zu seinem Ende übersprangen, in der Mitte aufeinanderprallten und sich verwirrten. Doch dann verschmolzen sie nach vielen Versuchen und Windungen zu einem klaren, starken

Gesang, der immer mehr anschwoll, je weiter die Prozession vorankam und sich der Kirche näherte.

Ein schönes Mädchen mit rabenschwarzem Haar und grünen glühenden Augen, das bisher mit den anderen in dem großen Boot gesessen hatte, stand auf, warf sich hin und her und stimmte sein eigenes Lied an: ein unanständiges, garstiges Lied, das die Zuchthäusler in Lipari abends, an die Eisengitter des Kastells geklammert, sangen. Als die Mutter, um sie zum Schweigen zu bringen, ihr mit der Hand den Mund verschließen wollte, entglitt ihr ein Wachskopf ins Wasser. Dort wiegte er sich ein Weilchen mit seiner reinen Stirn und verschwand dann in der Tiefe.

BARON ENRICO PIRAJNO DI MANDRALISCA
UND SEINE GEMAHLIN BEEHREN SICH
SIE AM ABEND DES 27. OKTOBER 1852
IN IHR STADTHAUS ZU BITTEN
UM DEN ANBLICK EINES KUNSTWERKS ZU GENIESSEN
DAS IHRE SAMMLUNG NEUERDINGS BEREICHERT
UND EMPFEHLEN SICH IHNEN ERGEBENST

Nach seinem Rundgang durch die Stadt, bei dem er den ganzen Vormittag Treppen und Treppchen hinauf und hinab gelaufen war, mußte Sasà nun mit der letzten Einladungskarte in der weiß behandschuhten Hand noch bis Casteluccio wandern, den St. Barbara-Hügel hinauf, das Tal von Santa Oliva hinab, hin und wieder im Laufschritt und auf kleinen Umwegen, um den Hunden zu entgehen, die hinter ihm her bellten, und dann zwischen Ginster- und Dornenhecken den Weg wiederzufinden, wobei er Herz und Hirn des Grafen Baucína die schlimmsten Übel wünschte, weil er zu dieser Jahreszeit nach Abschluß der Weinernte, während alle anderen in die Stadt zurückgekehrt waren, noch in seinem Horst zwischen den Felsen von Castelluccio saß.

Auf dem Rückweg ging Sasà über Quattroventi. Die Mühlen ächzten beim Mahlen des Korns, das ein Trupp von Eseln, inzwischen an Eisenringen angebunden, am Morgen herbeigeschafft hatte. Auf den Kothaufen zwischen ihren Hinterbeinen scharrten Hühner, schwärmten Wolken von schillernden Fliegen. Wespen und Stechmücken summten trunken über den Rinnsalen von Most aus den Keltern. Die Bauern kamen aus der Scheuer und bestaunten offenen Mundes Sasà in seiner farbenprächtigen Livree. An der Porta di Terra wurde vor der Schmiede ein Maultier beschlagen, und der Aasgeruch des Hufes verpestete die Luft. Verstört ging Sasà die Strada Regale hinunter. In diesem Schlauch wurde er von den Fischhändlern angefallen. Den Rücken und einen Fuß an die Wand gelehnt, ihre Taschen neben sich, betäubten sie ihn mit ihren Rufen, ihren Beschimpfungen und Anpreisungen. Einer verfolgte ihn und hielt ihm eine verdorbene Meeräsche in einer Handvoll tropfender Algen unter die Nase.

»Meine Besorgungen sind schon gemacht, alles erledigt«, sagte Sasà und schob den Arm des Händlers mit seinem weißen Zeigefinger beiseite.

Sasà war müde, angeekelt, aber vor allem mißmutig über die wunderlichen Einfälle des Barons.

»Du Glückspilz, Sasà, du Glückspilz! Hast dein Schäfchen im Trocknen«, ließ sich eine dumpfe, hohle Stimme vernehmen, die aus dem Untergrund erscholl, als die Plattfüße in den Schnallenschuhen und die dicken, weißgewickelten Waden vor den doppelt vergitterten Fensterchen auf Straßenniveau des Osterio Magno, des Stadtgefängnisses, vorbeihuschten.

»Im Trockenen seid ihr doch, ohne Sorgen und Kämpfe!« erwiderte Sasà den Gefangenen giftig. Eine laut hallende Kanonade von Furzen traf ihn wie ein Kugelregen im Rücken.

Vor der Apotheke, dem Unterschlupf von Neugierigen und Schandmäulern, die sich nicht an seiner Wut und Niedergeschlagenheit weiden sollten, zog er den Bauch ein und verstaute ihn hinter dem Gürtel, preßte die herabhängende

Unterlippe nach oben und lenkte seinen Blick würdevoll geradeaus in Straßenrichtung. Als er auf den Domplatz trat, atmete er angesichts der Weite und des Lichtes auf. Er brachte es nicht über sich, am Ausschank vorbeizugehen, ohne Pasquale um einen Schluck Wasser mit einem Spritzer Anisette zu bitten. Er ließ sich auf den Stuhl fallen, stützte die Arme auf den Schanktisch und seufzte.

»Müde, Sasà?« fragte ihn Pasquale.

Bei dem Freund ließ er seinem Groll freien Lauf.

»Als ginge es um eine Taufe, ja, um eine Hochzeit. Ein Fest veranstalten für ein Stück aus der Schranktür, das er in Lipari dem Apotheker abgekauft hat und das, so sagt er, von einem gemalt ist, der 'Ntonello hieß, einem aus Messina.«

»Von einem aus Messina? Seit wann hätten denn die Messinesen, diese Langweiler, etwas Vernünftiges zustande gebracht? Was sucht der Baron eigentlich? Das da sind Meisterwerke, Sasà«, und Pasquale zeigte mit großer Geste auf den Dom ihm gegenüber, »unser mächtiger Schirmherr über dem Altar, der Allerheiligste Erlöser, ganz aus Gold und seltenen Steinen, von uns gemacht, von den Einwohnern von Cefalù!«

Die Schatten der Palmwipfel fielen senkrecht auf das Pflaster und bildeten einen Kreis um die Stämme. Aus der Königspforte kam der blinde Organist, trat unter dem Portikus hervor, stieg die von Bischöfen aus Kalkstein gekrönte Treppe hinab und schlug mit seinem Stock auf das Maul des zähnefletschenden steinernen Löwen unter dem ausgetrockneten Brunnen. Hinter den doppelbogigen Fenstern der beiden Domtürme sah man die Glocken hin und her schwingen. In der stehenden Luft vibrierend wie die Zickzackmuster der Rundbögen, die sich auf der Domfassade verflochten, breitete sich das Mittagsgeläut über die Porta Giudecca bis nach Presidiana und zur Caldura aus, über den Sarazenensteig bis zum ersten Felsvorsprung, durch die Porta Piscaria bis zu den Booten, die im Hafen lagen, und bis nach Santa Lucia.

Der Salon des Barons Mandralisca sah nachgerade fast wie ein Museum aus. Die Münzkassetten aus Ebenholz und Elfenbein, die Louis-XVI-Kommoden, die Sofas und Sessel mit ihrem zu Mustern geschorenen Samt, die Rundtischchen mit ihren Intarsien, die Medaillons von Màlvica, das alles war beiseite geräumt und im Vorsaal sowie im Studierzimmer aufgestapelt worden und hatte nur auf den Seidentapeten deutliche Spuren seines langen Aufenthaltes in dem Salon hinterlassen. Geblieben waren lediglich die plüschbezogenen Konsolen mit den blau-goldenen chinesischen Vasen und den grünen, weißen, türkis- und rosafarbenen Gefäßen aus Cochinchina. Und die Meissener und Mennecy-Porzellane, die Alabasterfrüchte, die Fasane, Glucken und Kapaune von Jacob Petit, die vergoldeten Bronzeuhren und die Wachsblumen unter ihren Glasglocken.

Bis auf die alten Damen, die in ihren bauschigen Krinolinen die wenigen Stühle und das Rundsofa in der Mitte des Salons besetzten, standen die Gäste herum. Die Jugend hatte sich um das Klavier geschart, auf dem die Baronin Maria Francesca das Geträller ihrer Nichte Annetta begleitete.

Der Bauerndichter Carmine Papa, der von seinen Förderern und Mäzenen, dem Baron Maria und dem Cavaliere Culotta, zu allen Festen in herrschaftlichen Häusern mitgenommen wurde, stand abseits, jederzeit bereit, wie eine Handorgel seine Gedichte herunterzuleiern. Da er sie alle auswendig wußte, brauchte man ihm nur einen Titel zu nennen, damit er ohne Stocken und ohne auch nur einen Buchstaben zu verschlucken loslegte. Am häufigsten wurde die Romanze von dem Normannenkönig Roger verlangt, der zu Schiff von Neapel aufbrach, auf offener See bei Salerno vom Sturm überrascht wurde und Gott das Gelübde ablegte, ihm dort eine Kirche zu erbauen, wo er gesund und heil an Land komme. Als er das Ufer im Hafen von Cefalù erreicht hatte, errichtete er dort den Dom, der bis zum heutigen Tag Bewunderung findet und in aller Welt berühmt ist. Carmine begann stets ruhig und leise, doch wenn er an die Stelle mit

dem Wunder kam, fing er Feuer, errötete und deklamierte
zum Schluß mit lauter Stimme:

> Das Wunder ward denn auch getan
> Trotz Seenot Sturm und Schrecken,
> In Cefalù an Land er kam
> Mit allen seinen Recken.
> Sein Herz erinnert sich der Pflicht,
> Er dankt für Gottes Gnaden,
> Eine Kirche hat er aufgericht',
> Weil er bewahrt vor Schaden.

»Was für ein Unsinn, was für ein schrecklicher Unsinn!«
murmelte Mandralisca vor sich hin. Nein, die Legende von
König Roger, die vom Bischof und Klerus künstlich aufgebauscht wurde, ging ihm nun einmal nicht ein. Denn von
diesem Gelübde und der späteren Urkunde von 1145, denen
zufolge der Stammvater der sizilianischen Monarchie die
Kirche zwecks Fürbitte für die Seele seines Vaters, des
Grafen Roger, und seiner Mutter Adelasia reich beschenkt
hatte, leitete der Bischof jahrhundertelang, ja selbst noch
nach der Aufhebung des Feudalsystems, zum Schaden des
Volks von Cefalù mißbräuchliche Rechte, drückende, ja
erdrückende Steuern ab ... (Kopfsteuer auf jedes Lasttier,
das mit Getreide beladen nach Cefalù kommt, Schlachtrecht,
und zwar an jedem Ochsen, Schwein oder anderen schlacht-
baren Tier, den Zehnten von Kalk, von aller Irdenware, von
Gartenerzeugnissen und Knoblauchzöpfen, den Zehnten auf
Herstellung und Einfuhr von Besen, Zaster für Holz und
Kohle, ein Zwölftel vom Traubenmost, Zollrecht zu Land
und zur See, das heißt für das Ankern, das Vertäuen der
Schiffe, die vorübergehende Benutzung von Gemeindebo-
den, den Zehnten vom Fisch, das heißt von Sardinen,
Sardellen und Schuppenfischen, Recht auf Pachtgeld für
jedes Stück Land, Verbot des Verkaufs von Schnee, der nur
innerhalb des bischöflichen Palais stattfinden durfte ...)
Hatten diese beiden Schwachköpfe, Maria und Culotta, die
den Landarbeiter und Dichter Papa (vielleicht wegen seines

Namens?) protegierten und dem Bischof mit Haut und Haaren ergeben waren, erst dem Proto und jetzt dem neuen, dem Ruggiero Brundo, hatten diese Ignoranten etwa seine Schrift nicht gelesen (»Über die vom Bischof von Cefalù für seinen Unterhalt beanspruchten Abgaben – Eine kurze Betrachtung – Von ENRICO PIRAJNO Baron von Mandralisca. PALERMO. Druckerei M. A. Console, Via S. Giuseppe ab Arimathea. 1844), in der nachgewiesen wurde, daß und inwiefern der Bischof nicht den Rang eines Barons, sondern lediglich eines schlichten Edelmanns einnahm?

Salvatore Spinuzza, an dessen Stirn und Handgelenken noch die Spuren der vielfachen Folterungen von Ferdinands Polizei zu erkennen waren, stand, die Arme vor der Brust verschränkt, die blauen Augen und das blonde Spitzbärtchen aufwärts gewandt, stumm und stolz abseits, neben ihm, wie Kosmas und Damian, die beiden Brüder Botta, Nicola und Carlo. Und hinter ihnen, als wollten sie ihnen Rückendeckung geben, die beiden anderen Freunde, Guarnera und Maggio. Alle übrigen ignorierten Spinuzza und gingen ihm aus dem Weg, abgesehen vom Hausherrn, seinen Verwandten Agnello und dem Baron Bordonaro. Und abgesehen von Giovanna Oddo.

Der Herzog von Alberí hielt, mit seiner tiefen Bruststimme, Hof zwischen den vornehmsten Damen und Herren der vornehmen Gesellschaft von Cefalù. Er sprach von der Hydra der Anarchie, von Ruhestörern, von jungen Leuten mit dem Kopf voller Flausen und Fisimatenten, gefährlichen Feinden Seiner Majestät des Königs (Gott beschütze ihn) und der Heiligen Religion. Der Herr Statthalter, der gute Fürst von Satriano, sei zu freundlich, zu großzügig und verliere Zeit und Geld mit Prozessen und Gefängnisstrafen (zum Teufel noch mal, hatte das Jahr achtundvierzig etwa nicht genügt?): An den Galgen mit all diesen Leuten, sofort an den Galgen!

Giovanna Oddo wandte sich mit flehendem, schmerzlichem Blick Spinuzza zu. Totò rührte sich, wechselte das Standbein, warf mit einer Kopfbewegung die blonde Strähne, die ihm über die Stirn gefallen war, an ihren Platz zurück, erwiderte Giovannas Blick. Und deutete kaum ein Lächeln an.

Giovanna begann zu weinen, als stünde sie schon – heilige Muttergottes! – vor dem geliebten Körper, der wie ein alter Sack an einem Strick hing.

»Dumme Gans«, flüsterte ihr die Mutter zu und drückte mit aller Gewalt ihren Ellenbogen. »Du hast wohl den Verstand verloren. Geh auf den Balkon, geh und wisch dir die Tränen ab. Zu Hause sprechen wir uns noch.«

Elisabetta und Giuseppina, die Schwestern der beiden Brüder Botta, lösten sich gemeinsam von der Wand. Als schwebten sie über den Fußboden, glitten sie durch den Salon. Vor Giovanna Oddo angekommen, streckten sie ihr die Hände entgegen. In der Mitte zwischen den beiden Engeln, die Taille von zwei zarten Armen umschlungen, ging Giovanna zum Balkon.

»Ach, wen sich diese armen Mädchen von heute doch auflesen!« ließ sich der Herzog von Alberí vernehmen, als fahre er mit seinem bisherigen Thema fort.

Donna Salvina Oddo tat einen tiefen Seufzer.

»Mein Kompliment, Herzog, zu Ihrem Monument«, sagte sie sofort, um ein neues Thema anzuschlagen.

Geschmeichelt ging der Herzog zu einer Beschreibung des pompösen Grabmals über, das er sich auf dem Friedhof hatte errichten und nach der feierlichen Enthüllung am letzten Freitag hatte einsegnen lassen.

»Ich kann Ihnen gar nicht sagen, wieviel es mich gekostet hat. Ganz aus vielfarbigem Marmor, mit Intarsien und Arabesken, alles im Stil von Pampillònia in Gibilmanna, die Büste, das Wappen und dazu noch die Inschrift . . . ANTE DECESSUM TUMULUM POSUI (Vor dem Abscheiden setzte ich)« und so weiter und so weiter.

Dann fuhr er fort: »Eine wirklich schöne Veranstaltung. Eine religiöse Feier im engsten Kreis. Nur die Verwandtschaft, die Totenbruderschaft und der Abt mit Mitra für den Segen und die Predigt.«

Schließlich kam der Augenblick für die Besichtigung des Museums. Unter Führung des Barons Mandralisca ging man durch die Bildersammlung, die in Doppelreihen an den Wänden ihren Platz gefunden hatte. Zerstreut hörte man zu, wie der Baron das Licht beim »Morgengrauen in Cefalù« von Bevelacqua, die Innigkeit des Ausdrucks der »Heiligen Anna« von Novelli und die perspektivische Kunst beim »Letzten Abendmahl« aus der Schule des Ruzzolone lobte. Auf diesem Bild sahen die Figuren so dick und rund und vollgefressen aus, daß man wahrhaftig den Eindruck vom Ende eines Abendmahls erhielt, aber von einem, bei dessen Anfang mit immer neuen Schüsseln voll Makkaroni mit Tomatensauce man nicht zugegen gewesen war. Und so fort, vorbei an den byzantinischen Tafelbildern, an unbekannten Sizilianern, an Neapolitanern und Spaniern, bis zu dem Bild des schönen jungen Mädchens, das den Lippen eines verschrumpelten Alten die rosenfarbene Spitze seiner weißen, aus dem Dunklen hell aufleuchtenden Brust darbietet.

»Ich komme, Mama«, sagte Signorina Miccichè, als hätte sie gehört, daß in einer dringlichen Angelegenheit nach ihr gerufen werde. Zusammen mit der Barranco, der Pernice und der Coco, diesem niedlichen kleinen Ding, trennte sie sich von der Gruppe.

»Maria, was für eine Hitze, laß uns doch auf den Balkon gehen . . .« – »Jesus, wo habe ich bloß meinen Handschuh gelassen«, ließen sich auch die übrigen jungen Mädchen vernehmen, je näher man den Vitrinen mit den griechischen Vasen kam.

Außer dem *Thunfischverkäufer* und schmachtend ausgestreckten Matronen inmitten ihrer Mägde, die ihnen bei der Toilette halfen, waren auf den schwarzen und roten Vasen schamlose, schweinische Faune von unverhüllter Geilheit zu sehen, die strampelnde Nymphen um die Taille und die Hüften packten, um die Ärmsten, wer weiß wohin, zu entführen. Es folgten weitere Szenen von Flucht und Raub, von ekstatischen Mädchen beim Anblick mit Girlanden bekränzter Jünglinge, einen Pilgerstab in der Hand, deren Absichten nicht zu erraten waren.

Die Männer stießen einander mit den Ellenbogen an, blinzelten sich zu und riskierten mit leiser Stimme Deutungen, während der Baron sie über Entstehungszeit und Herkunftsort der Antiquitäten unterrichtete.

Bei den Vitrinen und Behältnissen mit Öllampen und Münzen, wo der Baron sich einer endlosen Aufzählung von Daten, Orten, Symbolen und Qualitäten überließ, vernahmen die vier oder fünf Herren, die ihm aus übertriebener Hochachtung oder äußerster Höflichkeit noch folgten, Wörter wie Motya, Panormus, Lipara, Litra, Nummus, Decadramma.

Nun erschien die Dienerschaft mit Platten, auf denen sich Brioches mit Butter und Thunfischpaste, mit Sesam bestreute Plätzchen, Katherinchen, Hefestückchen, Biskuits, Windbeutel, die mit Nelken gespickt besonders beliebt waren, und mit Feigen gefülltes Backwerk häuften. Durch Winke mit den Augen und mit einer Hand lenkte Sasà, während er sich mit der anderen Hand unter der juckenden Perücke auf dem Kopf kratzte, wie ein Kapitän den Sturm auf die einzelnen Gruppen der Gäste. Sein eigentlicher Feind aber war dort drüben in der Mitte des Saales das mit einem Tuch verhüllte Porträt, das auf einem hohen Lesepult stand, rechts und links davon auf gewundenen Säulen zwei kleine Mohren als Leuchter. Sooft Sasà daran vorüber mußte, schaute er es finster an.

Doch nun drangen die Stimmen anderer, weit lebendigerer und hungrigerer Feinde durch die offenen Balkontüren von der Badia-Straße herauf. Wie Hunde, die dem Duft der Süßigkeiten nachgespürt hatten, der sich durch die Luft schlängelte, tauchten Jungen aus dem Gonzaga-Gäßchen, dem Ferrari-Hof, aus dem Siracusani- und dem Leihhaus-Viertel auf und begannen unter den Balkonen zu rufen:

»Sasà, Sasà, komm heraus, Sasà!«

Dann fingen sie an zu singen:

> Martina besoffen, wirst Luscia gerufen,
> du läufige Hündin, du feistes Schwein,
> meine Freude wird immer Schlaraffenland sein.

»Diese Lausekerle«, murmelte Sasà und ging eilig, die Balkontüren zu schließen.

> Dumpf und stumpf die Kalebasse,
> doch nicht der Tanz, den ich nicht lasse,
> ist die Lust erst gekommen,
> klappern Kastagnetten, Pauken brummen,
> ficke facke, ficke facke, bum, bum . . .

erklang es noch lauter von der Straße. Hüpfend und tanzend klatschten die Jungen in die Hände und stampften auf die Steine.

»Sasà«, befahl die Baronin Maria Francesca, »schick Rosalia mit einem Tablett hinunter.«

Während die Gäste noch Sherry aus Salaparuta und Malvasier schlürften, gab der Baron Sasà ein Zeichen, er solle die zwölf Kerzen der kleinen Mohren anzünden. Dann trat er unter allgemeinem Schweigen zu dem Lesepult und nahm das Tuch ab, das das Gemälde verhüllte.

Sichtbar wurde das Brustbild eines Mannes. Vor einem dunkelgrünen Hintergrund von der Farbe der Nacht, einer langen Nacht der Angst und des Unverständnisses, sprang einem das leuchtende Gesicht ins Auge. Durch ein dunkles Kleidungsstück hob sich der helle kräftige Hals von der Brustpartie ab, und eine runde Kappe bedeckte die Stirn bis zur Mitte. Der Mann war gerade in dem Alter, in dem die Vernunft, den Katastrophen der Jugend heil entkommen und zu einer stählernen Klinge geworden, sich anschickt, durch ununterbrochenen Gebrauch immer schärfer und glänzender zu werden. Der Schatten eines zwei Tage alten Bartes ließ die breiten Backenknochen, die vollkommene schmale Linie der Nase, die in einer Spitze endete, Lippen und Blick deutlich hervortreten. Die kleinen schwarzen

Pupillen schauten forschend aus den Augenwinkeln, und die Lippen verzogen sich kaum zu einem Lächeln. Der ganze Gesichtsausdruck hielt für immer jenes zarte, flüchtige und unbeständige Gekräusel der Ironie fest, den sublimen Schleier einer herben Schamhaftigkeit, hinter dem intelligente Wesen ihr Mitleid verbergen. Diesseits des leichten Lächelns wäre dieses Gesicht der kraftlosen Erschlaffung, der Unlust und Verschlossenheit, nahe einer dem Schmerz entspringenden Absenz, verfallen, jenseits hätte es sich zum offenen sarkastischen, mitleidlosen Lachen oder zu dem – allen Menschen gemeinsamen – mechanischen befreienden Gelächter verzerrt und verzogen.

Mit seinen kleinen stechenden Augen schaute der Dargestellte allen ins Gesicht, wo immer sie sich befanden, lächelte jedem von ihnen ironisch zu, und jedem wurde es unbehaglich. In diesem Augenblick vernahm man von der Porta Ossuna Gewehrschüsse und Hundegebell. Das war die Streife, die zu jener Zeit nachts auf jeden Schatten schoß, der sich außerhalb der Mauern regte. Spinuzza lief ein Schauer über den Rücken, und er wurde unruhig.

In dem Schweigen, das auf diese Schüsse folgte, schien der Mann auf dem Lesepult noch nachdrücklicher als vorher zu lächeln. Mandralisca schaute ihn wieder und wieder an, rückte seinen Zwicker zurecht und strich sich über den Bart, als sähe auch er das Bild zum ersten Mal. Dann wandte er sich seinen Gästen zu und begann mit leiser Stimme, den Blick wie in Gedanken auf den Majolikafußboden geheftet:

»Ich hoffe zuversichtlich ... Ich vermute ... Ja, ich bin tatsächlich überzeugt davon, daß es sich hier um ein Werk von der Hand Antonellos handelt ...«

Dann hob er plötzlich seinen Blick, schlug sich mit der Hand gegen die Stirn und rief:

»Sasà! Der unbekannte Matrose.«

Sasà breitete die Arme aus und machte ein Gesicht, als hätte man soeben türkisch zu ihm gesprochen. Alle im Saal brachen in Gelächter aus. Der Herzog von Alberí entfernte sich von der Gruppe, bei der er stand, trat mit seiner platten Rückfront und dem offenen Gehrock über seinem Trommelbauch, den er wie im Triumph vor sich hertrug, allein auf das Porträt zu und fragte mit seiner schrillen Trompetenstimme:

»Baron, wem lächelt der da denn zu?« Und dabei zeigte er auf das Porträt.

»Den fröhlichen Narren wie Ihnen und mir, den Dummköpfen!« antwortete Mandralisca.

Brief von Enrico Pirajno Baron von Mandralisca an den Baron Andrea Bivona anstelle eines Vorworts zum »Katalog der Land- und Flußmollusken in den Madonie und ihrer Umgebung« – Palermo – Druckerei Oretea – Via dell'Albergaria 240 – 1840.

Verehrter Freund,
Da die Ausübung Ihres Amtes Ihnen nicht erlaubte, mit mir zusammen die Nebroden zu besuchen, beeile ich mich, um Ihre Neugierde zu befriedigen, Ihnen den Katalog zu überreichen, in dem Sie eine Aufzählung der auf dem Land und in den fließenden Gewässern der Madonie lebenden Molluskenarten finden, die ich bei der Exkursion im letzten Jahr dorthin entdeckt habe. Bei der Lektüre werden Sie leicht bemerken, um wie viele Arten die sizilianische Weichtierkunde allein durch die Untersuchungen in einem kleinen Gebiet, wiewohl einem der interessantesten der Insel, bereichert worden ist; und um wie viele weitere sie bereichert werden könnte, wenn die Vertreter dieser Wissenschaft in allen Teilen unseres von der Antike geprägten Landes sorgfältige Forschungen vornähmen.
Die Wissenschaft von den auf der Erde und in den fließenden Gewässern Siziliens lebenden Mollusken ist bisher sehr vernachlässigt worden, weil das Studium der Zoologie in Ermangelung von Mitteln (Sie hatten schon darauf hingewiesen) bisher bei uns nur wenig gepflegt worden ist. Auch die Fremden, die hierherkamen, um auf unseren Feldern zu

ernten, haben diesen Zweig unserer Naturgeschichte nicht bekannt machen können, da sie sich damit begnügten, die Arten zu beschreiben, die ihnen bei ihren flüchtigen Exkursionen unter die Augen kamen, und nicht ins Innere der Insel vorgedrungen sind. So hat Deshayes auf der Expedition von Morèa, die der Ostküste Siziliens galt, nur wenige Mollusken beschrieben; Jan führte in seinem Katalog einige weitere mit seltsamen Namen auf; der Deutsche Philippi, um von anderen ganz zu schweigen, erwähnt nur die kommunsten Arten. Diese Arbeit muß also in Sizilien selbst unternommen werden, und das Herz geht mir auf bei der Hoffnung, daß sie nunmehr ausgeführt wird, nachdem – Ihrem großherzigen Beispiel folgend – trotz aller Schwierigkeiten in vielen Orten Siziliens die Wissenschaft Fauns gepflegt und die Gegenstände der Weichtierkunde eifrig entdeckt und beschrieben werden.

Da ich dieses Unternehmen, soweit es in meinen Kräften steht, unterstützten möchte, habe ich mit der Erforschung der Nebroden begonnen, Berge, die noch nie von Molluskenforschern aufgesucht worden sind und die aufgrund kosmischer Einflüsse interessante Mollusken beherbergen müßten.

Und tatsächlich stößt man in diesem Gebirge, dessen Grate sich auf mehr als 1400 Ruten über Meereshöhe erheben, zwischen unzugänglichen Schluchten auf weite Ebenen, von denen die größte 30 813 Ruten im Quadrat mißt und Battaglia, Schlacht, heißt, weil hier im Mittelalter eine der blutigsten Schlachten stattgefunden hat, welche die Normannen zwanzigtausend Sarazenen geliefert haben und die mit deren grausamem Tod endete.

Zahlreiche Quellen von unterschiedlicher Temperatur entspringen hier, schlängeln sich wasserspendend durch blumenübersäte Auen oder zerreißen die Flanken der Berge, um sich in die Tiefe zu stürzen und dort zu Flüssen zu werden. In dieser Gegend entfaltet sich die lebende Natur zu üppiger Kraft; hohe Eichen, Korkeichen, Steineichen und Ulmen bedecken Steilhänge und Täler dazwischen, während Stech-palmen, Fichten und Ahorn bis zu den vereisten Gipfeln hinaufreichen, die ihrerseits von Buchen bestanden sind oder völlig kahl den Kalk des Mesozoikums der Verwitterung preisgeben. Dort gedeihen Bäume und Kräuter aller Art, die einen angenehmen Duft verbreiten und dem Botaniker reiches Material für seine bis in die tiefe Nacht reichenden gelehrten Studien bieten.

Wunderbar ist auch die Zahl der Tiere, die diese Regionen, Wälder, Höhlen und Gewässer bevölkern oder auf Blumen, morschen Baumstämmen und in Felsspalten leben. Deshalb vernimmt man allenthalben eine geheimnisvolle Sprache, die sich bald durch Brüllen und Jaulen, bald durch Gesang und Gezwitscher, bald durch das Summen der Insekten oder das Zischen der Schlangen kundtut. Und obgleich diese Sprache der beredte Ausdruck der Liebe ist, der von den hohen Felsen bis in die dunklen Wälder widerhallt, erfüllt sie doch den Geist mit süßer Melancholie und lädt ihn ein, sich zu sammeln, aller Leichtfertigkeit der menschlichen Gesellschaft zu entsagen, und führt ihn zur Idee des Erhabenen.

Ganz Sizilien bietet – insbesondere der Botanik und der Zoologie – nicht so viele unterschiedliche Gegenstände wie alles in allem die Madonie. Auch gibt es keinen Ort, der besser dazu geeignet wäre, die Großartigkeit der Natur zu betrach-ten, weil – so möchte ich es mit Zimmermann ausdrücken – in der Einsamkeit die Fähigkeiten der Seele sich zu vollem Leben, Scharfsinn und Erhabenheit entfalten.

Gern würde ich mich ein wenig über die so angenehme Empfindung ergehen, die der Anblick der Madonie in mir ausgelöst hat, müßte ich nicht befürchten, damit die Gren-zen eines einfachen Briefes zu überschreiten und Sie zu langweilen. Doch ich will Ihnen nicht verhehlen, daß ich inmitten so vieler erfreulicher Eindrücke hie und da allein darüber ein Gefühl des Bedauerns in mir aufsteigen fühlte, daß Sizilien bei einem solchen Überfluß der Natur bisher keine systematische Darstellung der Fauna oder Flora der

Nebroden besitzt. Letztere freilich darf man nun von unserem Freund Filippo Parlatore erwarten, da er als hervorragender Kenner der Pflanzenkunde, der in diesen Bergen botanisiert hat, der Wissenschaft eine interessante Arbeit schenken kann und muß. Und als beglückend empfände ich die Hoffnung, die Zoologie dereinst von Ihnen dargestellt zu sehen, der Sie sich um die Wissenschaft wahrhaft verdient machen und mit Ihren Arbeiten und Ihrem Geist den Spuren Ihres berühmten Vaters folgen.

Zweiter Anhang

Anmerkung über einige Arten der Erd- und Flußmollusken Siziliens – von Enrico Pirajno – Baron von Mandralisca – Palermo – Aus dem »Giornale letterario« Nr. 230 – 1842.

Im vergangenen Jahr habe ich bei der Veröffentlichung des Verzeichnisses der in den Madoníe lebenden Mollusken versprochen, eine allgemeine Weichtierkunde Siziliens zu schreiben. Diesem Zweck galten meine Exkursionen in dieses Gebirge und später in die Caroníe, in die Umgebung von Messina, Catania, Syrakus und anderen Orten. Um mein Versprechen dem Publikum gegenüber einzulösen, müßte ich jedoch auch die übrige Insel bereisen, ihre Mollusken aufstöbern, untersuchen und beschreiben, was noch langer Zeit und bedeutender Anstrengungen bedarf. Und obwohl ich mein Vorhaben freudig fortsetzen will, da es meinem Vaterland zur Zierde gereichen könnte, und wenngleich auch meine bisherigen Forschungen nicht vergebens waren, weil durch sie die Kenntnisse über die sizilianischen Mollusken hinsichtlich neuer oder bisher bei uns nicht als einheimisch geltender Arten erweitert worden sind, bin ich doch zu dem Entschluß gekommen, einstweilen vorliegende Notizen zu veröffentlichen, von denen ich hoffe, daß sie die Neugierde der Liebhaber dieser Wissenschaft wenigstens teilweise befriedigen werden.

Zweites Kapitel
Der Baum mit den vier Orangen

Die *San Cristoforo* lief in den Hafen ein, während Kaiks, Ruder- und Segelboote ihn verließen, auf denen Fischer sich mit Rudern, Leinen, Segeln, Netzen, Lampen, Talg, Werg und dem schmutzigen Kielwasser zu schaffen machten. Stimmen, Rufe, Gebrüll innerhalb eines Bootes, zwischen Boot und Boot, zwischen Boot und Pier, auf dem dicht gedrängt alte Männer, Frauen und Kinder standen, die ebenfalls lärmten und gestikulierten. Eine weitere Menschenmenge befand sich bei den Sarazenenhäusern oberhalb des Hafens; Fensterchen, Balkontüren, Altane, Terrassen, Dächer, Mäuerchen, Bastionen, Rund- und Spitzbögen, die sich da und dort mit flatternden Vorhängen, Wäsche, Tischtüchern und Rotzläppchen unversehens auftaten.
Über dem Aufruhr in der Tiefe, dem lärmenden Treiben an der Schiffslände und in den Häusern erhob sich als Gegensatz die majestätische Ruhe des Felsens, lebender, rosafarbener, gewachsener Stein mit dem Pulvermagazin, dem Diana-Tempel, den Zisternen und der Burg auf seinem Gipfel. Und über der niedrigen Flucht der Häuser zeichneten sich vor dem Hintergrund des Felsens die beiden mächtigen Türme des Domes mit ihren Pyramidendächern, ihren ein- und zweibogigen Fenstern ab, auch sie in rosafarbenes Licht getaucht, als seien sie von dem Fels hervorgebracht, seien durch ein Erdbeben oder durch tausendjährige Kleinarbeit von Unwettern, Winden, Süßwassern vom Himmel und der nagenden Salzflut der Gezeiten entstanden. All die Aufregung in der Tiefe galt den reichlichen Fischzügen in diesen Tagen. Man sprach von Zentner über Zentner Sardinen, Stöcker, Makrelen und Anchovis, von einem wunderglei-

chen Zug von Mönchsfischen durch dieses Meer, wie man ihn seit Menschengedenken nicht erlebt hatte.

Ein fieberhafter Wettkampf kam auf zwischen Flotte und Flotte, zwischen Mannschaft und Mannschaft, ein Wettlauf, wem es zuerst gelänge, den richtigen Platz über sechzig Fuß Tiefe einzunehmen. Zum Wettkampf kam es auch zwischen den Familien, ja zum regelrechten Krieg. Sobald das Tücherschwenken und Geschrei aufgehört hatten, wurden die Fensterläden verächtlich zugeschlagen. Die Fensterscheiben blitzten im Schein der Sonne, die ihnen waagrecht gegenüberstand und sich zur Landspitze von Santa Lucia, auf Imera, Solunto und über die Berge Aspra und Pellegrino hinabsenkte. Es war November und ging auf St. Martin zu, der ganze Strand schien aus Schuppen zu bestehen, die golden glitzerten wie die Steine an den Himmeln des Dom-Mosaiks zwischen den Pfauenflügeln der Engel in den Zwickeln und zwischen Rebschößlingen und Palmzweigen auf den Gewölberippen und im wallenden Haar des Weltenherrschers.

Stille breitete sich aus. Langsam entvölkerte sich der Kai.

»Giovannino, wir sind in Cefalù«, sagte der Kaufmann aus Lipari auf der *San Cristoforo*, als erwache er aus dem Bann, in den ihn dieses festliche Schauspiel geschlagen hatte. Er lächelte und wandte sich dem Jungen zu, als erwarte er auch von ihm ein Zeichen der Beglückung. Doch der Bursche sah mürrisch drein, als sei er schlechter Laune oder als hätte er Angst.

»Unsere Fischer auf den Äolischen Inseln machen nicht so ein gräßliches Geschrei, und auch die anderen Leute verhalten sich ruhig«, äußerte der junge Palamara.

»Aber das ist Sizilien, Giovanni«, erwiderte der Kaufmann und klopfte ihm auf die Schulter. Der Junge sah ihn an, tat einen tiefen Atemzug und lachte sofort lauthals.

»Auf, wir gehen an Land. Laß uns das Kistchen holen.«

Giovanni schaute auf seine Hand mit dem runden, zerbrökkelnden Fladen, den er nach der Einfahrt in den Hafen aufzuessen vergessen hatte. Er beugte sich über die Reling des Hinterstevens und warf ihn ins Meer. Im nächsten Augenblick stürzte sich ein Schwarm von Meeräschen darauf, daß das Wasser aufspritzte und schäumte.

Kaum war die Schiffsbrücke ausgelegt, kamen als erste Chinnici und Bajona an Bord. Was auch immer geschah, diese beiden Häscher waren in jeder Straße und Gasse, in jedem Stockwerk, vor jeder Tür, auf jeder Stiege und Treppe am ganzen Meer entlang stets zugegen. Zu jeder Tageszeit von Morgengrauen bis um drei oder vier Uhr nachts. Stumm, finster und argwöhnisch. Chinnici galt als Erpresser. Von jeher, seit er seinen Fuß nach Cefalù gesetzt hatte. Er erschien beim Lebensmittelhändler: Nudeln, Suppenwürze, Weißkäse, Schafskäse, Cacciacavallo, Thunfisch, einheimischen Kaviar, Heringe, Stockfisch ... (eine Frau, drei Kinder und die Schwiegermutter auf dem Buckel, alle mit einem Wolfshunger). Mit Daumen und Zeigefinger zog er aus der Brusttasche eine weiße Silbermünze, hielt sie dem Händler unter die Nase und schaute ihm fest in die Augen. »Was macht es, geben Sie mir heraus?« »Der Herr belieben zu scherzen«, erwiderte der Mann. »Wo soll ich denn Kleingeld hernehmen? Ein anderes Mal, zahlen Sie später, später.« Ebenso hielt es Chinnici mit dem Metzger, dem Fischhändler, dem Bäcker, dem Wasserverkäufer und dem Gärtner. Selbst die alte Ersilia, die durch die Straßen zog und je nach Jahreszeit Zichorie, Artischocken, Spargel, Fenchelgemüse oder Schnecken feilbot, nutzte er aus.

Bajona war, vielleicht weil er Junggeselle und dazu noch Neapolitaner war, lediglich ein leidenschaftlicher Schürzenjäger. Crucilla, Francavilla, Marchiafava, Giudecca und das ganze Vascio waren seine Reviere. Zu bestimmter Stunde ging er mit vorgestrecktem Bauch, den Schnurrbart voll Pomade, mit einem weißen Briefumschlag in der Hand und klopfte an einer Tür, wo der Ehemann in der Vicaría oder in Favignana einsaß. »Wer da?« »Ich bin's, Bajona, das Gesetz, aufmachen! Ich habe Nachricht von Ihrem Mann.« Ruck-zuck, und er war drin.

Jetzt erschienen sie Schulter an Schulter vor dem Kapitän, einer schwarz wie ein Rabe, das war Chinnici, der andere, Bajona, groß, hell und rot wie ein glatter Pfirsich.

»Was haben Sie dabei?«

»Schaum aus flüssigem Feuer.«

»Soll das ein Witz sein?«

»Warum nicht?«

»Also?«

»Schaut doch selbst unten nach«, sagte der Kapitän und ließ die Ladeluke öffnen. Beide beugten sich vor und hielten ihre Pranken wie Schilder über die Augen, um im Dunkeln sehen zu können. Knochen? Salz? Zucker? Manna? Schnee? Oder am Ende zyprischer Puder für die Haare und Wangen der Damen?

Sie wagten nicht zu fragen.

»Einen Dreck sieht man hier«, brummte Bajona.

»Da unten?« fragte der Kapitän.

»Was haben Sie denn verstanden? Was meinen Sie?«

»Sie haben gesagt . . .«, begann der Kapitän von neuem.

»Ich habe gesagt, daß man nichts sieht . . .«, antwortete Bajona, »nur was Weißes . . .«

»'Ne Madonna«, unterbrach sie der Kaufmann und öffnete mit einem Schlag die Seitenwand des hölzernen Kistchens, das Giovannino auf den Armen hielt. Von Stroh umgeben, erschien wie in einer Nische der Kopf einer Frau, der unter dem Hals endigte.

Es war eine schöne, wohlgenährte, leidenschaftslose Frau mit leerem, wie abwesendem Blick. Ihr Haar legte sich in zwei Flechten wie in Wellen nach hinten. Auf dem Kopf trug sie eine Krone oder einen Hut, flach wie eine Pfanne. Sie war aus Terrakotta und ein wenig angeschlagen. Ein Riß über-querte ihr rechtes Auge, ein anderer begann an der Nasen-wurzel und lief über die Lippen bis zum Kinn, weitere feine Linien wanden sich über ihre Stirn. Sprachlos starrten

Chinnici und Bajona die Madonna und dann den Mann an, der, geradezu höhnisch lächelnd, gesprochen hatte, und schließlich den kräftigen Laufjungen, der wie angewurzelt dastand, das heißt die ganze Gruppe, die da plötzlich von wer weiß wo neben ihnen aufgetaucht war.

»Was für eine Madonna?« brachte Bajona schließlich heraus.

»Kore«, sagte der Kaufmann.

»Del Sacro Core? Vom Heiligsten Herzen?« fragte Bajona.

»Nein, nur Kore.«

»Aber wer sind Sie denn? Was wollen Sie?« polterte Bajona los.

»Ich bin ein Fahrgast, der an Land will. Mein Name ist Don Gaetano Profílio, dreiunddreißig Jahre, aus Lipari, von Beruf Kaufmann. Und das ist mein Laufbursche, Giovanni Palamara, siebzehn Jahre, ebenfalls aus Lipari«, und damit reichte der Händler Bajona seine Papiere. Der warf einen Blick darauf, tat, als ob er lesen könne, und gab sie dann Chinnici. Chinnici hielt sie sich unter die Nase und begann mit Hilfe seines Zeigefingers zu buchstabieren.

»Verkaufen Sie diese Madonnen?«

»Nein«, antwortete der Kaufmann lächelnd.

»Und was wollen Sie sonst in Cefalù verkaufen?«

»Ich will kaufen.«

»Was?«

»Thunfisch. Fette Thunfischweibchen, Innereien, Milz, Herz, Milcher und Rogen.«

»Und die Madonna?«

»Ein Geschenk.«

»Für wen?«

»Für den Herrn Baron Mandralisca vom Apotheker Carnevale, der mit ihm befreundet ist und auf Lipari wohnt.«

»Und was soll der damit? Mit dem Kopf einer Madonna, die aus Ton ist wie – mit Respekt gesagt – die Nachttöpfe, die in Santo Stefano Camastra hergestellt werden, und dazu noch so angeschlagen . . . Diese Adeligen haben doch alle einen

Vogel«, ließ sich Chinnici vernehmen. Der Kaufmann schloß die Kiste und lächelte ihm zu.

»Können wir von Bord gehen?« fragte er.

»In Ordnung«, antwortete Bajona.

»In Ordnung«, echote Chinnici.

Der Kaufmann grüßte den Kapitän und die beiden Polizisten und machte sich, von seinem Laufburschen gefolgt, auf den Weg, hielt dann aber noch einmal inne und kehrte um:

»Schaum aus flüssigem Feuer, den der Kapitän deklariert, bedeutet Bimsstein. Und sollte er von einer süßen, septemberlichen Ambraträne sprechen, so ist darunter Malvasier zu verstehen. Und bei Unterwasserheckenröschen müßt ihr an Kapern denken.«

»Aha«, sagte Bajona.

»Aha«, wiederholte Chinnici.

»Unser Kapitän spricht in Gleichnissen, das ist die Sprache derer, die ihr Leben lang meerauf meerab zugange sind, wie die Beduinen in der Wüste.«

»Aha«, sagten Bajona und Chinnici gleichzeitig.

Der Kapitän, den diese Enthüllung ein wenig verärgert hatte, zog ein Papier aus der Tasche und reichte es Bajona.

Müssen wir noch aussprechen, daß Bajona nicht lesen konnte und daß Chinnici zu dessen Entzifferung ein Jahr gebraucht hätte?

Deshalb drucken wir das Papier hier mit dem größten Respekt vor dem Leser ab, da wir wohl wissen, daß die wirkliche Zeit und die Zeit in einer Erzählung nicht immer in Einklang miteinander stehen.

Lipari, den 8. November 1856

Im Namen Gottes und in der Hoffnung auf ein glückliches Ende im hiesigen Hafen unterhalb des Klosters habe ich auf Rechnung und Gefahr des Herrn Ferlazzo Onofrio auf und unter Deck seines San Cristoforo geheißenen Schiffes unter dem Kommando von Bartolomeo Barbuto bei seiner jetzigen Reise zwecks Transport nach Cefalù und zur dortigen

Auslieferung die im folgenden genannten und aufgezählten trockenen, unbeschädigten und in gutem Zustand befindlichen Waren geladen, die einzeln ausgezeichnet sind.

Besagter Kapitän verspricht, sie bei seiner Ankunft ohne Schaden dem Herrn Michelangelo Di Paola auszuhändigen, und wird für den Transport vertragsgemäß bezahlt.

Zur Beglaubigung wird dieses Schreiben zusammen mit anderen gleichartigen von besagtem Kapitän und, sofern er nicht schreiben kann, für ihn von einem Dritten unterzeichnet, wobei nur diese erste Ausführung Gültigkeit haben soll.

D. 1428. In Worten vierzehnhundertachtundzwanzig Doppelzentner Bimsstein.

S. 175. In Worten einhundertfünfundsiebzig Sester Malvasierwein.

F. 7. In Worten sieben Fässer mit eingelegten Kapern, Spitzenqualität.

Und während Chinnici das mit großer Mühe entziffert, folgen wir unserem Kaufmann und seinem jungen Diener Palamara, mit der Kiste auf einer Schulter und unter dem anderen, auf die Hüfte gestützten Arm das persönliche Gepäck seines Herrn, ein wahrer Kraftmensch, dabei flink und fröhlich, als trüge er zwei Distelfinken auf einem Finger.

Sobald sie die Schiffslände und die Porta a Mare hinter sich gelassen hatten, bogen sie in die Strada Fiume ein. All das Leben in dieser Straße erregte und belustigte Giovanni: Scharen von Jungen, die aus der Strada della Corte, aus Porto Salvo, Vetrani und aus Kellerwohnungen auftauchten oder Treppen herunterpolterten, die zwischen Mauern aufstiegen und hoch oben unter dem Himmel im Nichts endeten. Alte Leute saßen vor ihren Haustüren und flickten Netze und Fischreusen; Frauen, die hochmütig dreinblickten, die Hände in die Hüften gestützt, auf dem Kopf riesige Körbe balancierend, übervoll mit tropfnassen Sachen, kehrten von dem unterirdischen Fluß, dem Cefalino zurück, der unterhalb der Häuser von Pirajno und Martino bei den Becken und Steinplatten mündete, die seit Jahrhunderten zum Baden und Waschen benutzt wurden. Das Gerede und Stimmengewirr, das Geschrei und Gelächter übertönte rhythmisches Klopfen, mit dem zahllose unsichtbare Schuster in ihren Werkstatthöhlen auf ihr Leder einhämmerten.

Der Kaufmann betrachtete das alles ebenso begeistert wie das Schauspiel der Landung, das er von der *San Cristoforo* aus verfolgt hatte, und lächelte.

Sie gingen an der St. Georgskirche, dem Waisenhaus, der Andreaskirche und dem Kloster der Eremitanerpatres vorüber und kamen an die Ecke der Abteistraße, die schnurgerade und schmal von der Strada Fiume zum Kirchplatz führt. Ihren Hintergrund bildete, aus dieser Perspektive gewaltig und hoch, der linke – nach Aussagen der Experten dem Bischof gehörende – Glockenturm des dem Erlöser geweihten Domes.

»Wir sind angekommen,« sagte der Kaufmann, »in dieser Straße wohnt der Baron.«

Sie fragten eine ganz in ihre Röcke, Tücher und Schleier vermummte Betschwester, die in Ekstase vor einem Tabernakel kniete, nach dem Haus. Ohne den Blick von dem nackten, mit Pfeilen gespickten, blutüberströmten Körper des heiligen Sebastian abzuwenden, wies die Frau mit der Hand auf ein über und über mit Nägeln beschlagenes Tor. Der Kaufmann betätigte den aus einem Löwenkopf bestehenden eisernen Türklopfer erst leise, dann lauter und immer lauter und häufiger. Neugierig erschienen einige Frauen, die in der Straße wohnten, und betrachteten kichernd die beiden Fremden. Der Kaufmann erwiderte ihr Gekicher mit einem breiten Grinsen, fragte aber nicht danach, was es mit dem Schweigen und der Taubheit in diesem Haus auf sich hatte. Dann faßte er sich ein Herz, drückte seine Schulter gegen das Pförtchen, das wie ein Damastvorhang zurückwich.

Während die beiden die Treppe hinaufstiegen, kam ihnen keuchend, mit klappernden Holzschuhen und rot vor Anstrengung in einer gestreiften Schürze, die seine ganze Vorderseite bedeckte, Sasà, der Lakai und Majordomus des Barons, entgegen.

»Jesus Maria, Jesus Maria!« murmelte er beim Hinabsteigen. Dann blieb er stehen, als er die beiden unerschrocken auf sich zukommen sah.

»Wer sind Sie denn, was wollen Sie?«

Lächelnd stieg der Kaufmann die Treppe weiter hinauf und Giovannino hinter ihm her. Nun standen sie Sasà gegenüber. Angstvoll breitete er die Arme so weit aus, daß sein ganzer Bauch sichtbar wurde.

»Schluß, stehenbleiben!« befahl er mit seiner schrillen, zittrigen Stimme. »Hier dürfen Sie nicht herein.«

»Melde mich sofort dem Herrn Baron Mandralisca«, verlangte der Kaufmann und drückte ihm einen Umschlag in die Hand.

»Der Herr Baron ruht . . . Nein . . . Er arbeitet. Schreibt . . . Und wenn er schreibt, will er nicht . . .«

»Du sollst mich anmelden«, unterbrach ihn der Kaufmann.

»Ja, Herr«, antwortete Sasà, wandte sich um und begann breitbeinig die Treppe hinaufzuhumpeln.

Der Kaufmann und Giovannino erreichten rasch den nächsten Treppenabsatz und betraten den Vorplatz. Giovanni stellte erst das Gepäck und dann vorsichtig die Kiste auf den Boden.

»Willkommen in diesem Haus, Herr . . .«, ließ sich der Baron Mandralisca vernehmen, der im seidenen Morgenrock mit einem Käppchen auf dem Kopf, eine Gänsefeder in der Hand, aus seinem Studierzimmer durch einen Türspalt auf den Vorplatz hinausspähte und über seinen schwankenden Zwicker hinweg die beiden Fremden betrachtete.

»Giovanni Interdonato«, stellte sich der falsche Kaufmann mit einer tiefen Verbeugung vor.

»Der Abgeordnete?!«

»Wenn Euer Hochwohlgeboren glauben, daß es noch eine Deputation gibt.«

»Nein, nein . . . Sie wissen genau, daß ich mich auf das Jahr 1848 beziehe . . . Wir waren Kollegen, ich kann mich jedoch nicht erinnern, daß ich Sie je im Parlament getroffen hätte. Aber waren Sie nicht im Exil? In London, meine ich, oder in Paris?«

»Ich war und bin in Paris. Auch jetzt, während ich hier bei Ihnen vorspreche«, sagte Interdonato leise. »Ich bin«, fuhr er fort und betonte jedes Wort einzeln, »der Kaufmann Gaetano Profílio von Lipari, vom Apotheker Carnevale an Euer Hochwohlgeboren verwiesen. Er schickt Ihnen dieses Geschenk« – und er zeigte auf die hölzerne Kiste am Boden – »zum Zeichen seiner Verehrung und als Andenken. Im übrigen erklärt der Brief, der vor mir eintraf, ja deutlich . . .«

»Gewiß, gewiß, ich verstehe . . .«, unterbrach der Baron ihn lächelnd, legte seine Feder auf eine Konsole und ging dem Gast mit ausgestreckten Armen entgegen. Sie begrüßten einander mit kräftigem Händedruck.

»Bitte, machen Sie es sich bequem. Kommen Sie erst einmal in mein Studierzimmer«, sagte der Baron und legte dem Kaufmann seinen Arm um die Schultern, als wolle er ihn vorwärtsschieben. Interdonato wandte sich zurück und deutete auf seinen Diener Palamara, der mit verschränkten Armen und einem beständigen Lächeln auf seinem Gesicht die kleine Szene belustigt verfolgt hatte.

»Ach ja . . . Um ihn wird Sasà sich kümmern«, sagte der Baron, zog an einem herabhängenden Band und läutete eine Glocke.

Sofort erschien Sasà, jetzt elegant in seine Livree gekleidet, aber mit etwas verdrossenem Gesicht.

»Exzellenz . . .«

»Bring den Jungen hier in eurem Flügel unter und trag das Gepäck des Herrn in das grüne Zimmer, das auf die Terrasse hinausgeht. Die Kiste kannst du hier stehenlassen«, ordnete der Baron an.

Zusammen mit Interdonato betrat er sein Studierzimmer und schloß die Tür hinter sich.

Das Studierzimmer des Barons glich sowohl der Klause eines heiligen Augustinus oder eines heiligen Hieronymus, die bei der inständigen Suche nach der Wahrheit ein wenig in Unordnung geraten war, als auch der Zelle des Mönchs Fazello und zugleich dem Laboratorium eines Paracelsus. An allen Wänden standen Schränke, vollgestopft mit neuen und alten Büchern, Handschriften und Wiegendrucken, die daraus hervorquollen und stapelweise oder verstreut den Schreibtisch, die Sessel und den Fußboden unter sich begruben. Auf den Schränken standen, mit einer oder beiden Krallen in den ausgefallensten Posen auf hölzernen Sockeln oder Ästen befestigt, ausgestopfte Vögel, mit irren Glasaugen, aus Sizilien, von den Äolischen Inseln und aus Malta. Ein Fernrohr und eine Armillarsphäre. In Vitrinen und Futteralen, auf Tischplatten und Konsolen die unterschiedlichsten Dinge: Köpfe, Hände, Füße und Arme aus Marmor; Terrakotten, griechische Münzen, Öllampen, kleine Pyramiden, Spinnwirtel, ganze Haufen von Masken, heile und zerbrochene Geschirre und Weinbecher; Medaillen und Münzen im Überfluß; Schalen und Gehäuse von Schnecken aller Art. Die wenigen freien Stellen auf den Wänden füllten Diplome und Bilder. Dem Schreibtisch gegenüber zwischen zwei Schränken hing das Porträt eines Unbekannten von Antonello. Die gegenüberliegende Wand hinter dem Schreibtisch beherrschte ein großes Bild, die vergrößerte und kolorierte Kopie von Passafiumes Stadtplan von Cefalù aus dem siebzehnten Jahrhundert, die der Maler Bevelacqua im Auftrag des Barons ausgeführt hatte. Die Stadt war gleichsam aus der Sicht eines über ihr schwebenden Vogels dargestellt, mit einer Mauer ringsum bis zum Meer und von vier Bastionen umgeben, über deren Toren Fahnen flatterten. Die kleinen gleichartigen Häuser, dichtgedrängt wie die

Schafe in einem Pferch, den der Halbkreis der zum Meer hin offenen Mauern und des landseitig abschließenden Felsens bildeten, wurden in der Waagrechten von der Königstraße und von senkrechten Straßen, die von den Abhängen zum Meer hinabführten, säuberlich in rechteckige Blöcke unterteilt. Diese Herde von Häusern bewachten der Dom, das bischöfliche Palais, das Ostèrio Magno, die Abtei Santa Caterina und das Dominikanerkloster wie große Schäferhunde. Im Hafen, dessen Wasser vom Wind gekräuselt war, wiegten sich Galeeren, Feluken und Brigantinen. Am Himmel flatterte wie eine Fahne oder ein Wimpel eine Kartusche mit der Aufschrift CEPHALEDU SICILIAE URBS PLACENTISSIMA, Cefalù, Siziliens anmutigste Stadt. Oberhalb der Kartusche das ovale Wappen in einem Volutenrahmen, auf dessen oberem Feld König Roger dem Erlöser das Modell des Domes darbringt, während in der Mitte des unteren Feldes drei große sternförmig angeordnete Meeräschen gleichzeitig nach einem Wecken schnappen.

Beim Anblick des Wappens fiel Interdonato der Fladen wieder ein, den Giovanni ins Wasser geworfen hatte und der sofort von den Meeräschen im Hafen verschlungen worden war. Gedanken, Gestalten und Phantasien zuckten ihm durch den Sinn. Das Wappen von Cefalù und wegen der drei auseinanderstrebenden Fischschwänze zugleich das Wappen von Trinacria, aber auch das Wappen der gesamten Weltkugel, Erde genannt, ein Symbol der Geschichte von der Erschaffung des Menschen bis zum heutigen Tag: der Kampf um den Bissen Brot, der bestialische Krieg, bei dem der Starke obsiegt und der Schwache unterliegt . . . (Qu'est-ce que la propriété?) . . . Aber schon ist der Vorabend der Großen Veränderung angebrochen: Alle Meeräschen werden dann auf derselben Ebene aufgereiht sein und den Wecken zu gleichen Teilen verschlingen, ohne Mord und Totschlag, ohne tierische Gewalttätigkeiten. Und cefalo, Meeräsche, heißt wie Cefalù Kopf: und Kopf bedeutet

Vernunft, Geist, Mensch ... Du wirst noch sehen, daß auf dieser Erde ...

Der Kaufmann lächelte, wandte seinen Blick von dem Plan ab und sagte zu Mandralisca:

»Habe noch nie soviel Wissenschaft umherliegen sehen, nicht einmal im Haus des Schriftstellers Victor Hugo und auch nicht in dem des Philosophen Proudhon.«

»Um Himmels willen, um Himmels willen«, wehrte der Baron ab, beschämt und zugleich tief erschreckt davon, diese berühmten Namen zu hören. Er räumte die Bücher von einem Sessel, um dem Gast einen Platz anzubieten.

»Ich widme mich gegenwärtig nur einer Gesamtdarstellung der Erd- und Wassermollusken Siziliens, die mich seit geraumer Zeit vollauf beschäftigt, ja geradezu umtreibt«, erklärte Mandralisca und ließ sich wie erschöpft auf den Stuhl hinter dem Schreibtisch sinken.

»Und Sie sind der Ansicht, Mandralisca, daß in diesem Augenblick alle Welt nur darauf wartet, etwas über die privaten Intimitäten der sizilianischen Schnecken, ihre Schalen und Schleimspuren zu erfahren?«

»Das will ich nicht behaupten, das will ich nicht behaupten«, erwiderte Mandralisca ein wenig verletzt. »Aber ich habe dieses Werk schon vor fünfzehn Jahren versprochen, als meine Denkschrift über die Mollusken der Madonie in Satz ging.«

»Aber, Mandralisca, sind Sie sich denn klar darüber, was alles in diesen fünfzehn Jahren geschehen ist, und über den Augenblick, in dem wir leben?«

»Ich gestatte Ihnen nicht ...«, fuhr Mandralisca ihn an.

»Doch, Baron, Sie müssen es mir gestatten, denn Sie sind kein fröhlicher Narr und kein Dummkopf oder Hosenscheißer wie der größte Teil der Gebildeten und des Adels in Sizilien. Sie sind ein Mann, der genug Geist und Herz besitzt, um zu verstehen ... Und Sie gehören zu den wenigen, die nicht abgeschworen haben ...«

»Aber Sie, aber Sie ...«, begann Mandralisca, riß die Augen

hinter den Gläsern seines Zwickers weit auf und ließ seinen erstaunten Blick von Interdonatos Gesicht zu dem des Unbekannten auf Antonellos Bild über ihm gleiten. Die beiden Gesichter, das lebende und das gemalte, waren identisch: die gleiche Olivenfarbe der Haut, die gleichen scharfen, forschenden Augen, die gleiche spitz zulaufende Nase und vor allem das gleiche ironische und irritierende Lächeln.

»Der Matrose!« entfuhr es dem Baron.

»Ja, Baron, ich war der Matrose auf dem Segelschiff, das vor nunmehr vier Jahren von Lipari mit Zwischenstation in Tíndari nach Cefalù segelte. Und ich wußte genau, was Sie – in ein Wachstuch gewickelt – eifersüchtig an Ihre Brust drückten.«

»Wieso?«

»Catena.«

»Carnevales Tochter?«

»Jawohl, Herr Baron.«

»Ein etwas sonderbares Mädchen.«

»Catena ist meine Verlobte.«

»Ach, entschuldigen Sie.«

»Sie brauchen sich nicht zu entschuldigen. Ihre Sonderbarkeit besteht darin, daß sie ihren Liebsten nur fünfmal persönlich gesehen hat, und jedesmal nur flüchtig und im Geheimen. Und ihre verzehrende Sehnsucht wurde durch die schemenhafte und unfaßbare, aber unentwegte und (auch das soll ausgesprochen werden: insbesondere durch das Lächeln) irritierende Gegenwart von Antonellos Porträt noch verschlimmert, das, wie Sie selbst bemerkt haben, mir so gleicht, als sei ich selbst der Auftraggeber gewesen. Verstehen Sie nun, warum Catena ihm eines Tages den Mund zerschnitten hat und warum der Apotheker, ihr Vater, es verkaufte? Dem armen Mädchen ist das Unglück zugestoßen, sich in einen Revolutionär zu verlieben.«

»Aber was taten Sie denn als Matrose verkleidet auf dem Segelschiff?«

»Ich kam aus Paris, Baron, wo ich vom Exekutivausschuß, von Landi, Friscia, Michele Amari, Carini und Milo Gugino, den Auftrag erhalten hatte, außer mit dem Nationalkomitee in London und mit Mazzini auch mit anderen Gruppen von Emigranten Verbindung zu halten, die, in alle Winde verstreut, in Marseille, Genua, Turin, Florenz, Pisa, Livorno, Tunis, Malta und sogar in Alexandria und Konstantinopel leben. Ich war und bin noch heute eine Art geheimer Botschafter, der ständig zu reisen gezwungen ist und dabei die Rolle eines Matrosen, Krämers oder sonst eines armen Teufels zu spielen, um nicht der Polizei oder, was noch schlimmer wäre, einem Polizeispitzel in die Hände zu fallen. Damals, als ich das Vergnügen hatte, Ihnen zu begegnen, hatte ich mich von Livorno zu den Äolischen Inseln aufgemacht, um – wenn auch nur kurz – die arme Catena wiederzusehen. Von Palermo reiste ich dann weiter nach Tunis . . . «

»Und jetzt, Interdonato?« fragte Mandralisca, der von einem Erstaunen ins andere fiel.

»Jetzt, Baron, werden die Zeitläufte immer härter und stürmischer . . . Wir stehen am Vorabend des Großen Ereignisses. Alle unter einer neutralen Fahne geeint, wie es in ›Das Freie Wort‹ heißt: Pisacane, Mordini, Pilo, Mazzini, Fabrizi, La Masa, Calvino, Errante . . .«

»Und La Farina?« fragte Mandralisca schüchtern.

»Dieser Verräter und Sklave Cavours!« entfuhr es Interdonato. »Verzeihen Sie. Es mißfällt mir nur, daß er wie ich aus Messina stammt und . . . wie Antonello«, fügte er lächelnd hinzu. Dann machte er eine Pause, verschränkte die Arme, richtete den Oberkörper auf, sah den Baron fest an und sagte mit klarer Stimme:

»Baron, diesmal bin ich eigens zu Ihnen gekommen, um Sie in drei wichtigen Dingen um Ihre Hilfe zu bitten.«

»Nur heraus damit«, ermutigte ihn Mandralisca und breitete, halb Bereitschaft, halb Zögern, die Arme aus.

»Erstens: daß ich hier in Ihrem sicheren und unverdächtigen

Haus mit den Brüdern aus der Gegend eine Versammlung abhalten kann. Ich möchte mich mit den beiden Botta, Guarnera, Bentivegna, Civello, Buonafede und Gugino treffen.«

»Der arme Spinuzza . . .«

»Ich weiß, ich weiß, daß er seit drei Jahren im Kerker schmachtet . . . Aber ich versichere Ihnen, nur noch für wenige Tage . . .«

»Zweitens?«

»Daß ich von Euer Hochwohlgeboren einen Empfehlungsbrief an Landolina in Syrakus bekomme. Dort werde ich mich nach Malta einschiffen.«

»Drittens?«

»Daß Sie, nur für kurze Zeit, den Jungen, den Sie zuvor im Vorzimmer gesehen haben, bei sich behalten. Er ist nicht mein Bedienter, sondern der Sohn eines reichen Kaufmanns in Lipari, Palamara, ein Vetter von Catena Carnevale. Sie hat ihn in alles eingeweiht. Er ist erst siebzehn Jahre alt, verzehrt sich aber bereits in revolutionären Ideen. In Lipari lief er Gefahr, von einem Augenblick zum anderen festgenommen und in eine Zelle des Kastells oberhalb der Cívita gesperrt zu werden.«

Mandralisca begann geistesabwesend, als sei er in tiefe Gedanken versunken, mit den Fingerspitzen auf die Schreibtischplatte zu trommeln. Interdonato sah ihn prüfend an, wobei er lächelte.

»Einverstanden.« Mit einem Schlag wachte Mandralisca auf und schaute seinem Gesprächspartner fest ins Gesicht. »Ich will mein möglichstes tun, um Ihre drei Bitten zu erfüllen. Aber ich muß Ihnen gestehen, daß die erste mir die größten Schwierigkeiten bereitet. Halten Sie mich nicht für ängstlich oder für ungastlich. Aber Sie müssen wissen, daß in diesem Haus läppische Menschen ein und aus gehen, die zudem ihre Nase in alles stecken, klatschsüchtig und neugierig sind und, was am schlimmsten ist, unerschütterliche Anhänger der Bourbonen. Rechnen Sie mir das nicht zur Schuld an. Sie wissen selbst, wie schwierig es in Sizilien ist, sich sogenannte Freunde vom Leib zu halten. Für ein Weilchen kann man sich ihrer erwehren, doch schließlich gibt man nach und streckt aus Ermüdung die Waffen ... Und diese Leute schneien einem unter den banalsten Vorwänden, die zu einem schwerwiegenden Problem aufgebauscht werden, jederzeit ins Haus. In Wirklichkeit haben sie Angst, allein zu sein, weil die Last des Daseins sie erdrückt ... Es dreht sich bei ihnen alles nur um sie selbst, anderer Leute Angelegenheiten sind ihnen ganz egal, denn sie sind zutiefst davon überzeugt, daß die glückliche Lage, in die sie hineingeboren wurden, unwandelbaren göttlichen Gesetzen zu verdanken ist. Sie haben ja bereits selbst erfahren, wie Sasà seiner schwachen, friedlichen Natur Gewalt antut und sich zu meinem persönlichen Gendarmen gemacht hat ... Zumindest für die Stunden, in denen ich arbeiten muß. Vielmehr ... Ich dachte, ob es nicht besser wäre, wenn Sie und die anderen sich im Herrenhaus eines meiner Güter, Campo di Musa, im nächsten Umkreis von Cefalù, treffen würden?«

Es klopfte an die Tür und herein trat der Majordomus mit der Mitteilung, die Frau Baronin und Fräulein Annetta seien schon bereit für das Abendessen.

»Wir haben später noch Zeit, darüber zu sprechen«, sagte der Baron und erhob sich. Und zu Sasà gewandt:

»Begleite den Herrn auf sein Zimmer.«

Die mit Sardellen, Fenchelstückchen, Pinienkernen und Rosinen gewürzten Makkaroni dampften auf den Tellern, und die Gabel in einer Hand, mit halbgeschlossenen Augen die Nüstern blähend, gab Interdonato sich scheinbar gänzlich dem Genuß hin, nach so langer Zeit wieder diesen köstlichen häuslichen Duft einzuatmen.

Annetta Parisi e Pereira, die Nichte der Baronin, betrachtete den Tischgenossen unauffällig und ließ ihr kristallenes Lachen ertönen. Dann wandte sich das Gespräch den Pariser

Saucen, dem tunesischen Kuskus, den Malteser Gewürzen und schließlich der eintönigen Turiner Küche zu, die ganz aus rohem oder gekochtem Fleisch und allenfalls, als phantasievollem Abschluß, einem Gericht weißer Bohnen bestand.

»Pöbel und Hinterwäldler«, ließ sich Annetta vernehmen.

»Und ihre Weine . . .«, fuhr Mandralisca fort, »die sind so dumpf und stumpf und so düster wie sie selbst.«

Darauf redete man von Fischen, von Tintenfischen, Langusten und Kalamaren aus der Gegend der Äolischen Inseln, von Sardinen, Sardellen und Makrelen aus der Nähe von Palermo, von Schwertfischen und Makrelenhechten aus der Meerenge von Messina.

»Gefüllter Tintenfisch!« platzte Annetta heraus und wurde gleich darauf von einem konvulsischen Lachen geschüttelt, wie es einem jungen Mädchen aus gutem Haus wie ihr nicht anstand.

»Annetta!« wies die Tante sie zurecht.

»Entschuldigt, entschuldigt«, erwiderte Annetta, immer noch lachend. Und erklärte, daß sie, als sie noch auf Lipari wohnte, einen jungen Mann so genannt hätten (aber erfunden hatte diesen Spitznamen Catena, ausgerechnet Catena Carnevale, die der Bursche damals anhimmelte).

»Stellt euch doch mal einen Tintenfisch vor, der mit einer Masse aus Eiern, Brotkrumen und Käse gefüllt und vor lauter Sauce kaum zu sehen ist. Wenn man ihn auf den Teller legt, ist er so prall, glatt und glänzend, als werde er im nächsten Augenblick platzen. Genau so war Bartolo Cincotta, der Sohn des Arztes. Und dabei hatte er ein Stimmchen . . . Später habe ich erfahren, daß er in ein Priesterseminar eingetreten ist.«

»Er wird einen prächtigen Bischof abgeben und vielleicht sogar einen Kardinal«, bemerkte Interdonato lächelnd.

»Ach Catena, die hatte eine Phantasie!« fuhr Annetta fort.

»Und hat sie immer noch«, unterbrach sie Interdonato. »Ja, ich habe den Eindruck, daß sie inzwischen alle Hemmungen abgestreift hat.«

»Inwiefern?«

»Sie schreibt Gedichte . . .«

»Liebesgedichte, vermute ich.«

»Ganz im Gegenteil. Ich würde sie Haßgedichte nennen.«

»Auf wen?«

»Auf alles, was es in unserer Welt an Ungerechtem, Verbogenem und Unmenschlichem gibt. Vor allem schreibt sie über das Elend und die Leiden der Fischer, Bauern und Arbeiter in den äolischen Bimssteingruben und über ihre unantastbaren, aber von jeher mit Füßen getretenen Rechte. Wie eine Erinnye wütet sie gegen alle, die für diese Schindereien und Ungleichheiten verantwortlich sind . . .«

»Ja, richtig«, rief Annetta, »jetzt fällt mir wieder ein, daß sie immer las . . . oder stickte.«

»Mit dem Lesen hat sie nie aufgehört. Ich glaube, daß es keinen Schriftsteller gibt, den sie nicht kennt. Anfangs interessierte sie sich leidenschaftlich für die italienischen Autoren, für Campanella, Bruno, Vico, Pagano und Filangieri . . . Jetzt hat sie sich den Franzosen zugewandt, Rousseau, Babeuf, Fourier, Proudhon, aber auch Victor Hugo und der Sand . . . Sie liegt mir dauernd in den Ohren, ihr Bücher aus Paris zu schicken. Beim Sticken, behauptet sie, entspanne sie ihre Nerven und sauge zugleich den Honigseim aus dem, was sie gelesen habe.«

»Die panierten Sardinen!« rief Rosalia, Sasàs Frau, die dunkelhäutig, drall und jugendlich, vor Glück und Freude strahlend, mit einer Platte in den Händen den Speisesaal betrat.

»Die müssen ganz, ganz heiß gegessen werden«, erklärte sie und setzte die Platte mit den Sardinenklößchen auf den Tisch.

»Was macht Giovanni, der junge Mann bei euch drüben?« fragte Interdonato Rosalia.

»Der hat Hunger, einen schrecklichen Hunger, das arme Kerlchen!« antwortete Rosalia, machte eine entsprechende

Handbewegung und riß ihre großen, kohlschwarzen Augen weit auf.

»Einen Hunger wie Sasà?« versuchte es Mandralisca lächelnd.

»O je, was sagen Exzellenz da? Sasà, der hat doch überhaupt keinen Appetit mehr, der hat auf gar nichts Lust, der hat Sodbrennen . . . Aber was hat das damit zu tun? Giovanni dagegen, der ist noch jung . . . Und so kräftig, Gott segne ihn, das Wasser könnte einem im Munde zusammenlaufen.«

»Na, sag ruhig, daß er dir gefällt, Rosaliuzza«, ermunterte Mandralisca sie erheitert.

»Aber Enrico!« ermahnte ihn seine Gemahlin.

»Du lieber Himmel, was denken sich Exzellenz? Er ist doch noch ein Junge, ich könnte seine Mutter sein . . .«

»Rosalia, geh, geh nach drüben«, befahl die Baronin, und Annetta stimmte wieder ihr trillerndes Lachen an.

»Ach, hör mal«, sagte Interdonato zu Rosalia und hielt sie damit zurück. »Sobald der Junge mit Essen fertig ist, sag ihm, wenn die Damen und der Baron es erlauben, solle er hier herüberkommen.«

»Ja, ja, selbstverständlich«, bestätigte der Baron.

»Wie Exzellenz befehlen«, sagte Rosalia artig.

Und als Früchte und Sorbet gereicht wurden, erschien Giovanni Palamara in dem hell erleuchteten Saal, über das ganze Gesicht lächelnd, aber mit Augen, die seine Verlegenheit verrieten.

»Oh«, rief Annetta, »was für ein hübscher Landsmann. Diesmal hat Rosalia wirklich recht.«

Die Tante warf ihr sofort einen ärgerlichen Blick zu.

»Was ist, Giovanni? Willst du unsere Gastgeber nicht begrüßen?« wandte sich Interdonato an ihn. Sofort verbeugte Giovanni sich, doch was er zwischen seinen Zähnen murmelte, blieb unverständlich.

Annetta überschüttete ihn mit Fragen nach Verwandten, Verwandten von Verwandten, Freunden und Bekannten, nach Leuten aus Lipari und Canneto, Santa Marina und

Malfa di Salina und aus allen anderen Orten auf den sieben Inseln des kleinen Äolischen Archipels. Giovanni antwortete einsilbig, widerstrebend und von der Gewandtheit der jungen Dame von Rang eingeschüchtert.

»Oh, Giovanni«, begann Interdonato, als Annetta zu verstehen gab, daß sie ihre Fragen beendet hatte, »geh auf den Vorplatz hinaus und bring, wenn der Herr Baron es erlaubt, die Kiste herein. Nur du hast die richtige Art und weißt, wie man sie anfassen muß.«

»Sofort«, erwiderte Giovanni, der froh war, sich dem Zwiegespräch mit der jungen Dame und den Blicken aller, die auf ihm ruhten, endlich entziehen zu können.

Er kam mit der Kiste zurück und ließ sie langsam auf den Fußboden gleiten.

Interdonato stand auf, trat auf die Kiste zu und holte mit Giovannis Hilfe aus dem Holz und Stroh der Verpackung die antike Kore aus Terrakotta heraus. Er nahm sie in beide Hände und stellte sie vorsichtig auf eine Kredenz.

»Oh«, riefen Mandralisca, die Baronin und ihre Nichte Annetta wie aus einem Mund. Vor Aufregung hielt es den Baron nicht mehr auf seinem Stuhl. Er erhob sich, setzte seinen Zwicker auf und näherte sich der Kore. Mit der Nase beinahe an ihr klebend, begann er sie von allen Seiten begeistert zu betrachten, vom Kopf bis zum Hals und dann von hinten, wo das wellige Haar zu einem Knoten geschürzt war.

»Wie schön«, rief er, »wie wunderschön . . . Ich weiß nicht, wie ich dem Apotheker danken soll. Ja«, fuhr er fort, indem er zurücktrat, ohne ein Auge von der Kore zu lassen, »wenn ich mir ein Abbild des freien und geeinten Italien vorstellen soll, dann denke ich an eine derartige Plastik . . .«

»Hm, dazu ist sie zu schön, Baron, zu vollkommen . . . Ja, ich würde sagen, zu ideal«, unterbrach ihn Interdonato. »Aber dabei fällt mir ein, ich habe ja noch ein Geschenk von Catena für Fräulein Annetta.« Mit diesen Worten steckte er die Hand in die Höhlung der Krone auf dem Kopf der

Plastik und zog ein kleines gesticktes Seidentuch heraus. Er schwenkte es in der Luft und brachte es Annetta. Glückstrahlend nahm sie es in Empfang und breitete es auf dem Eßtisch aus, um es gründlich zu betrachten. Auch die Baronin Maria Francesca erhob sich und näherte sich neugierig ihrer Nichte. Mit seiner phantastischen, undisziplinierten Stickerei machte das Tuch einen höchst wunderlichen Eindruck. Zwar hatte es ringsum eine Hohlsaumbordüre, aber die Stickerei in der Mitte bestand aus den unterschiedlichsten Stichen: Stilstich mischte sich mit Kreuzstich, der in Schattenstich überging und sich seinerseits in gestickte Schrift auflöste. Und dann die Farben! Von zart abschattierten Tönen gingen sie plötzlich zu leuchtendem Grün und grellem Rot über. Das Tuch sah aus, so dachte die Baronin, als sei es von einer leidenschaftlich erregten Person gestickt worden, die sich absichtlich so wenig um Regeln, Zahlen, Maße und Harmonie gekümmert hatte, daß man fast glauben konnte, sie hätte den Verstand verloren. Gleichwohl war zu erkennen, daß die Stickerei in der Mitte einen Baum mit leicht gewundenem, von Dornen gespicktem Stamm darstellte. Seine Krone bestand auf einer Seite aus einem unbelaubten Ast und auf der anderen aus einem dreieckigen grünen Fleck und weiteren merkwürdigen Fleckchen. Vier rote Bällchen, die Orangen darstellen sollten, hingen rechts von den Zweigen herab. Im Halbkreis um die Orangen waren Schriftzeichen gestickt, die auf dem Kopf standen.

»Das sieht wie ein Orangenbaum aus. Aber was bedeutet die Schrift?« fragte Annetta.

»Von der Seite, von der Sie das Tuch betrachten, sehen Sie tatsächlich einen Orangenbaum«, erklärte Interdonato belustigt. »Aber wenn Sie es umzudrehen versuchen . . .«

»Dann ist es ja Italien!« rief Annetta und betrachtete das Tuch andersherum.

»Ja, es stellt Italien dar«, bestätigte Interdonato. »Und die vier Orangen werden zu den vier Vulkanen im Königreich

Beider Sizilien, dem Vesuv, dem Ätna, dem Stromboli und dem Vulcano. Und von hier aus, das will Catena damit sagen, aus diesen Schlünden eines seit Jahrhunderten niedergehaltenen Feuers, und insbesondere aus Sizilien, das auf engem Raum drei dieser Vulkane beherbergt, wird die Flamme der Revolution emporschießen, die ganz Italien in Brand setzen wird.«

Erster Anhang

Francesco Guardione: Die politische Bewegung in Cefalù
1856 (Vorlesung, gehalten am 25. November 1906 in Cefalù
in der Chiesa della Mercede, wo das Denkmal für Salvatore
Spinuzza steht) – Cefalù – Druckerei Salv. Gussio – 1907.

[. . .]

1856, bekannt als das Jahr des Pariser Kongresses, ist ebenso
denkwürdig durch die Ereignisse in Süditalien, da in diesem
Jahr, nach Überwindung der bis 1848 herrschenden und von
der allmächtigen Aristokratie auf unwürdige Weise aufrecht-
erhaltenen regionalistischen Neigungen, Sizilien eine
gesamtitalienische Politik anstrebte, um die verschiedenen
Völker zu einer Freiheit zu vereinen, welche die Insel
erleuchten und dem Dunkel ihrer finsteren Nacht entreißen
sollte. Palermo erhielt ein zentrales Revolutionskomitee, das
mit den tatendurstigsten Gruppen im Inneren der Insel
Verbindung hielt und seine Kraft aus den Worten der
Emigranten schöpfte. Von freien Ländern aus brachten diese
nämlich die bourbonische Dynastie ins Wanken und versetz-
ten sie in einen Zustand der Unruhe, Unentschlossenheit
und Rachsucht gegenüber den Aufrührern. Denn allenthalben regte sich schon heftiger Widerstand gegen die Macht
einer absolutistischen Herrschaft, die danach lechzte, selbst
die Gedanken in Fesseln zu legen.
Am Abend des 23. November wurde dem Generalstatthalter
Paolo Ruffo, Fürst von Castelcicala, der Ausbruch eines
Aufstandes am Tag zuvor in Mezzojuso gemeldet. Am 16.

November hatte Francesco Bentivegna sich nach Palermo und in andere Städte begeben. Dabei hatte er in konspirativen Versammlungen bestimmt, die Rebellion solle am 12. Januar 1857 stattfinden, um an diesem Gedenktag die Heldentaten von einst zu erneuern. Doch dann stieß Bentivegna seine Beschlüsse um, stellte sich am 22. November an die Spitze von dreihundert Bewaffneten, zog mit ihnen nach Mezzojuso hinunter und unter der italienischen Fahne und dem Ruf »Italia!« weiter nach Villafrate, Vicari, Ciminna und Ventimiglia.

Doch am 24. November dringt die bourbonische Soldateska unter dem Kommando von Ghio in Mezzojuso ein, die Rebellen zerstreuen sich, und Francesco Bentivegna irrt über Land, um sich vor den mörderischen Waffen zu verstecken, die ihn ohne verräterische Beihilfe seiner Gastgeber nicht entdeckt hätten.

Ernsteres und Bedeutsameres trug sich in Cefalù zu, wo die Vorbereitungen mit ihren Risiken und Gefahren während der geheimen Nachtstunden im Haus der Familie Botta getroffen wurden. Dort suchte man, trotz der allenthalben herrschenden Ängste, freimütig seine Zuflucht, als solle von diesem Haus ein Lichtstrahl ausgehen. Von hier erwartete man die Inspirationen zu großen Taten; hier nähte man die italienische Fahne, die über den Aufständischen flattern und ihre Herzen mit heiliger Liebe erfüllen sollte. Im Haus der Familie Botta, dem Versammlungsort der Furchtlosen, beschloß man, die Kräfte der Tyrannei herauszufordern, und erwartete das Losungswort, das ein Emissär überbringen sollte. Und als es am Abend des 25. November um zweiundzwanzig Uhr eintraf, erglühten die Herzen in Cefalù für die Revolution. Doch Palermo, Palermo rührte sich nicht und machte damit das dortige Komitee auf immer lächerlich.

Die Schwestern Elisabetta und Giuseppina Botta schwenken die von ihnen genähte Fahne aus ihrem Haus, dem Sammelplatz der Verschwörung, und in hellen Scharen kommen die Rebellen, die eine Waffe besitzen, hierhergelaufen. Denn Salvatore Guarnera, Nicolò Botta, Andrea Maggio, Vincenzo Spinuzza und Pasquale Maggio hatten sich schon bereitgehalten. Nicht zugegen war an diesem ersten Tag Carlo Botta, der eine Nachricht nach Gratteri gebracht hatte, um die Verbindung der dortigen Kräfte mit der Revolution herzustellen, und ebenso fehlte Alessandro Guarnera, der sich in Gratteri befand und, als er noch am Abend des 25. November Nachricht von dem Aufstand erhielt, sich sofort nach Cefalù aufmachte. Furchtlos ziehen die Revolutionäre auf, und während einige durch die Stadt laufen, greifen die anderen die Polizeiwachen an und entwaffnen sie, ohne ihnen etwas zuleide zu tun. Nicolò Botta, Pasquale und Andrea Maggio haben, von anderen Aufständischen unterstützt, zwei Mannschaften gebildet. Die eine griff unter Führung von Andrea Maggio das Wachkorps an, die andere unter Nicolò Botta eilte zum Gefängnis, das unter dem Rathaus liegt, holte Salvatore Spinuzza heraus, ernannte ihn zum Oberhaupt der Revolution und setzte eine vorläufige Regierung ein. Doch die Volkswut beschränkte sich nicht hierauf. Am nächsten Tag, dem 26. November, verstärken neue Mannschaften, insbesondere aus Campofelice, vom Rechtsanwalt Cesare Civello aufgestellt und befehligt, die Revolution. Nun kommt es zu größeren Kühnheiten, denn die Akten der Unterpräfektur werden verbrannt.

Als Carlo Botta, der in der Nacht vom 25. zum 26. schon zu verschiedenen Gemeinden mit dem Auftrag unterwegs war, sie auf den Aufstand vorzubereiten, die Nachricht vom Ausbruch der Revolution in Cefalù erhielt, wandte er sich nach Absprache mit Francesco Buonafede sofort nach Campofelice, um sich noch einmal mit dem Komitee in Termini Imerese abzustimmen, und kehrte, nachdem er diese Mission erfüllt hatte, nach Cefalù zurück, wo die Bewegung überschäumte. Dabei traf er auf Civellos Mannschaft, und als sämtliche Kombattanten sich vereinigt hatten,

drangen sie am Morgen des 26. November in Cefalù ein.
Nun wurde der siebzehnjährige Giovanni Palamara, der zu
den neu Eingetroffenen gehörte, zum Fahnenträger ernannt.
Auch aus Gratteri stieß die Mannschaft unter Führung von
Francesco Buonafede am 27. zu den Versammelten, brach
aber sofort wieder auf, um die Revolte an anderer Stelle zu
verstärken.

In Palermo trafen die Nachrichten von der Bewegung
Stunde um Stunde ein. Fürst Castelcicala, der Statthalter,
schickte eine gepanzerte Fregatte, die *Sannio,* nach Cefalù.
Bei ihrem Eintreffen auf der Reede wird sie von der
Nationalfahne begrüßt, die auf der Meeresbastion aufgepflanzt worden ist. Als die Soldateska das Schiff verläßt,
fehlt es nicht an Widerstand. Doch wenn es ihrer Übermacht
am Morgen des 27. gelang, die Revolution zunächst zu
ersticken, so richteten die Seminaristen nicht weniger großen
Schaden an. Beim Auftauchen der königlichen Fregatte
waren sie aus Cefalù in ihre Heimatdörfer geflüchtet und
verhinderten dort durch die Nachrichten, die sie brachten,
den Aufstand in den Nachbarorten, wo man schon bereit
war, die Schlagkraft der Revolution durch neuen Zulauf zu
verstärken. Die Rebellen versuchten zwar, die Landung der
Soldateska zu verhindern, doch bei der – nach königlichem
Brauch – übersandten Drohung, die Stadt zu bombardieren,
erfaßte sie Mitleid mit ihrer Vaterstadt, und sie verließen
Cefalù, um die Revolution auf den Höhen wieder aufleben
zu lassen, wo viele Gemeinden nur darauf warteten, sich an
dem edlen Unternehmen zu beteiligen. So stießen sie auf die
Mannschaften aus Gratteri, Collesano und Castelbuono, die
hochgemut wie siegreiche Heerscharen nach Cefalù
zogen.

Nach langem Umherirren am 28. November suchten die
Revolutionäre bei Anbruch der Dunkelheit in kleinen
Gruppen Unterschlupf. Nicolò und Carlo Botta, Salvatore
Spinuzza und Francesco Buonafede, der sich in der Gegend
um Gratteri auskannte, blieben in einer armseligen Hütte in

der Nähe dieses Ortes und tauchten dann für einige Tage unter. Trotz der mißlichen und bedrängenden Umstände fehlte es ihnen nicht an Hilfe, und die Leute aus Gratteri, die sich an die noblen Gesten der Familie Sidele erinnerten, erwiesen sich als ungemein hochherzig.

Die Regierung verängstigte die Bevölkerung durch ihren Terror, und als alle Hoffnungen verflogen waren, wurde alles wieder genauso trostlos wie zuvor. Als Anführer der politischen Bewegung gelten – und die Richtigkeit dieser Vermutung bestätigt sich – Spinuzza, die Brüder Nicolò und Carlo Botta, Andrea Maggio und Alessandro Guarnera. Um ihre Festnahme und Ermordung zu erleichtern, setzt die Regierung Kopfgelder auf sie aus. Noch barbarischer wird ihr Vorgehen durch die Festnahme der Familien der Flüchtigen, insbesondere bei der aller Zivilisation und Menschlichkeit hohnsprechenden Behandlung der Familie Botta. Man verhaftete die Schwestern Elisabetta und Giuseppina sowie ihre Mutter, Signora Concetta, und sperrte sie in greulich stinkende Strafgefängnisse, wo man sie ein paar Monate lang festhielt; dann wurden sie nach Palermo überführt.

Die fünf jungen Leute, die als Hauptakteure der Bewegung galten, irrten ziellos umher, hatten sich aber mit wahrem Märtyrerglauben geschworen, falls man sie entdecken werde, lieber jede Folter zu erdulden, als die Namen ihrer Gesinnungsgenossen preiszugeben. Und tatsächlich beging später keiner von ihnen gemeinen Verrat. Mehr als einen Monat nach dem Aufstand wurden die fünf Flüchtlinge mit Hilfe des Priesters Zito und der Rosaria Calascibetta, von Mauro Giallombardo, einem Vetter der Brüder Botta, von San Mauro nach Pettineo gebracht. Als Gäste im Haus von Giovanni Sirena beratschlagten sie über die sichersten Möglichkeiten, das Vaterland zu verlassen, um sich nach Malta zu begeben. Denn immer unheilvoller klangen die Nachrichten über die Festgenommenen, das heißt Giuseppe und Pasquale, Söhne des verstorbenen Antonino Maggio, Giuseppe Re, der sich freiwillig gestellt hatte, Salvatore Bevilacqua, Vincenzo Sapienza, Antonino Spinuzza, Salvatore Maranto und dem Bauern Santi Cefalù. Sie hatten Unerträgliches zu leiden, und es sah nicht so aus, als ob für sie die Hoffnung auf Befreiung oder Strafmilderung bestünde.

Allenthalben in Sizilien wurden genaue Nachforschungen angestellt, um auf die Spur der fünf Flüchtigen zu kommen. Mit Beständigkeit, aber ohne Erfolg wurde diese Arbeit von Gambaro, Chinnici und Bajona geleistet, die sich um jeden Preis der Anführer des Aufstandes in Cefalù bemächtigen wollten.

Vergeblich blieben die minutiösen Nachforschungen des Hauptmanns Gambaro, und zu den Bemühungen, ihn wegen Unfähigkeit abzusetzen, gesellte sich die gründliche, inquisitorische Arbeit von Bajona und Chinnici, die der Polizei angehörten. Nach kurzer Zeit entdeckten sie, daß die Flüchtigen sich in Patti bei einem Gesinnungsgenossen, Raimondo Dixitdomini, aufhielten.

Chinnici begab sich deshalb eilends nach Patti, und da er im Haus von Dixitdomini frei schalten und walten konnte, mißhandelte er ihn, ohne daß es ihm freilich gelungen wäre, dem Mann das Geheimnis zu entreißen. Auch Bajona legte nicht weniger Eifer als Chinnici an den Tag, und das Unglück wollte es, daß er von einem Brief erfuhr, den der Matrose Gerbino bestellen sollte. Nicolò Botta hatte ihn dem Matrosen übergeben, weil er hoffte, durch ihn in den Besitz von vierhundert Unzen zu kommen, die seine Familie für ihn bei dem Priester Restivo hinterlegt hatte. [. . .] So setzte Bajona alle Polizistenbravour ein, als er sich in Begleitung von dreihundert Mann nach Pettineo begab, in Finale den Matrosen Gerbino aufstöberte, ihn in ein Gasthaus mitnahm und ihm dort mit brutaler Gewalt das Geheimnis entriß, wo die fünf Gesuchten, auf die ein Kopfgeld ausgesetzt war, sich befanden.

Gerbino wurde gezwungen, Bajona nach Pettineo zu folgen. Als sie in der Nacht zum 5. Februar an Ort und Stelle eintrafen, wurde Sirena festgenommen, der die fünf Flüchti-

gen verborgen hielt und dem Gerbino den Brief ausgehändigt hatte, worauf Bajona, begleitet von sieben Waffengenossen, dem Bürgermeister und der Stadtwache, sich zu dem Haus begab, in dem Salvatore Spinuzza, Nicolò und Carlo Botta, Alessandro Guarnera und Andrea Maggio, die Anführer des Aufstandes von Cefalù, sich verborgen hielten. In der Nacht wurde das Gebäude von zahlreichen Leuten umstellt, und im Morgengrauen wurde der Befehl zum Angriff gegeben, der durch Trommelwirbel und das Geläut eines Klosters, um Hilfe zu alarmieren, etwas wahrhaft Erschreckendes bekam. Vier der Bewaffneten versuchten das Haus zu stürmen, wurden aber durch die Gewehrsalven der Belagerten daran gehindert, die zwei von den Angreifern verwundeten. Die Polizeikräfte erhielten weitere Verstärkung [. . .], und gemeinsam kämpften alle gegen die fünf, die sich neun Stunden und dreißig Minuten lang in heldenhaftem Widerstand sondergleichen zur Wehr setzten. Er fand sein Ende, als den Belagerten die Munition ausging. Nun mußten Spinuzza, Nicolò und Carlo Botta, Guarnera und Maggio notgedrungen die Waffen strecken und sich ergeben. Anstatt solche Tapferkeit anzuerkennen, war die Polizei noch stolz auf ihren Triumph!
[. . .]

Am 20. Dezember 1856 wurde Francesco Bentivegna aufgrund des Kriegsgerichtsspruches, der ihn am 19. Dezember in Palermo einstimmig zum Tode verurteilt hatte, exekutiert.
Die barbarischen Methoden und die Entscheidung des Obersten Gerichtshofes sind jedermann bekannt. Deshalb beschränken wir uns hier lediglich auf die Erinnerung an die heuchlerischen Worte, die der Hauptwachtmeister, Raffaele Zola, an den Generaldirektor der Polizei geschrieben hat. »Ich gebe mir die Ehre, Ihnen zu versichern, daß ich alles Notwendige für die Überstellung des Herrn Bentivegna nach Mezzojuso sowie für die Ausführung des Urteilsspru-

ches veranlaßt habe. Für die Tröstungen unserer hochheiligen Religion sollen nach meinem Befehl drei Stunden zur Verfügung stehen.« Am 22. Dezember verurteilte dasselbe Kriegsgericht, das in der Festung Castello a Mare in Palermo tagte, den Salvatore Guarnera zum Tode, weil er einer bewaffneten Bande angehört habe, die am 25., 26. und 27. November in Cefalù und in Gemeinden des Distrikts Aufruhr verbreitet hatte. Die Exekution wurde aufgeschoben, um einen Gnadenerlaß des Souveräns abzuwarten, der die Todesstrafe in achtzehn Jahre Haft in Ketten umwandelte. Nach diesen Ereignissen blieben die Häuser der Stadt Cefalù verlassen und trostlos zurück. Der Unterpräfekt Nicolosi verhaftete und verfolgte Menschen aller Stände, um Rache zu üben und weil er die flüchtigen Anführer der Revolution noch nicht in seine Gewalt gebracht hatte. Und er schien befriedigt, als er hörte, sie seien festgenommen worden, um abgeurteilt zu werden. Das Kriegsgericht trat zusammen, nachdem es die Messe vom Heiligen Geist gehört hatte, und sprach folgende Urteile aus: »Alle fünf sind des Verbrechens der Majestätsbeleidigung angeklagt, und zwar haben sie gegen die königliche Regierung konspiriert, haben als bewaffnete Bande unter Schwenken einer grün-weiß-roten Fahne und durch Trommelschlag die Untertanen dazu aufgehetzt, sich gegen die Königlichen Behörden in Cefalù und verschiedenen Gemeinden des Distrikts zu bewaffnen, und haben Königliche Wappen und die Bilder unseres heißgeliebten Herrscherpaares zerstört, die königlichen Kassen geplündert, Telegrafenmasten umgehauen, das Gepäck der königlichen Kuriere sequestriert und die Briefe aus diesem Gepäck geöffnet; sie haben königliche Beamte festgenommen, die Polizei entwaffnet, die Revolutionsfahne auf der Meeresbastion von Cefalù aufgepflanzt, als die königliche Fregatte auf diese Reede kam. Sie haben die Unterpräfektur und das Haus des Unterpräfekten in Cefalù ausgeraubt, geplündert und gebrandschatzt und dabei Papiere und Register umhergestreut und verbrannt, haben den für den Straßenbau zuständigen Behörden zwei Doppelzentner und neunundsechzig Patronen Pulver, die zur Sprengung von Felsgestein bestimmt waren, entwendet und schließlich der Staatsgewalt Widerstand geleistet, indem sie ihr in Pettineo, Provinz Messina, neun Stunden lang ein Feuergefecht geliefert haben.«[*]

Doch mit dieser Anklage, die ein wichtiges Blatt in der Geschichte unseres Risorgimento bleibt, wurde nicht widerlegt, daß die politische Bewegung von Cefalù in ihrer Tollkühnheit ein Vorzeichen der großen für die politische Einigung Italiens später vollbrachten Taten war. Nachdem die Richter einstimmig erklärt hatten, daß Don Salvatore Spinuzza, Don Nicolò und Don Carlo Botta, Don Alessandro Guarnera und Andrea, Sohn des verstorbenen Ignazio Maggio, der oben aufgeführten Verbrechen schuldig seien, unterschrieben sie das Todesurteil für Salvatore Spinuzza, fünfundzwanzig Jahre alt, und ebenso, nach vorangehender Folterung, um ein öffentliches Exempel zu statuieren, für Nicolò Botta, zweiundzwanzig Jahre alt, für Carlo Botta, neunzehn Jahre alt, Alessandro Guarnera, sechsundzwanzig Jahre alt, und Andrea Maggio, achtundzwanzig Jahre.

Das Todesurteil wurde am 11. März 1857 verkündet und nach drei Tagen am 14. März an Salvatore Spinuzza vollzogen. Trauer und Klagen erfüllten das verzweifelte Cefalù, den Geburtsort Spinuzzas, das zusehen mußte, wie sein geliebter Sohn erschossen wurde. In Erwartung der großen Rache bei der Befreiung der Nation und der Bestrafung der Bourbonen, die vom ganzen Volk verurteilt wurden, hüllten sich die Bürger in stummen Schmerz. Nicht erschossen wurden, aufgrund eines Gnadengesuchs des Kriegsgerichts, Nicolò und Carlo Botta, Alessandro Guarnera und Andrea Maggio. Aber die umgewandelte Strafe begrub sie für achtzehn Jahre angekettet im Kerker von Favignana.

[*] Staatsarchiv in Palermo, Polizeiakten 1857

Zweiter Anhang oder Intermezzo
Aus den »Aufzeichnungen eines der Tausend«
von G. C. Abba

Auf der »Lombardo« am 11. Mai. Morgens.
Sizilien! Sizilien! Kaum ein Hauch davon zeichnete sich im
Blau zwischen Himmel und Meer ab, aber es war die heilige
Insel!

Marsala, den 11. Mai.
Plötzlich hört man einen Kanonenschuß. Was ist los?
Unsere Begrüßung, sagt Oberst Carini lächelnd, der einen
roten Waffenrock und auf dem Kopf einen großen breit-
krempigen Federhut trägt. Beim zweiten Schlag saust eine
große Kugel zwischen uns und der siebten Kompanie
hindurch, schlägt donnernd ein paarmal auf und jagt den
Sand in die Luft.

Marsala, den 12. Mai, 3 Uhr früh.
Gestern abend ließ mich der Unteroffizier Plona dort unten
zu Füßen eines Felsens als letzten in der Reihe unserer
Wachtposten für fünf Stunden Stellung beziehen. Ich dichte-
te die Sterne an.

Mittwoch, während des Zapfenstreichs.
In der Luft lag ein köstlicher Duft. Aber das Lager
außerhalb der Mauern von Marsala mit den gewaltigen
schwärzlichen Felsbrocken da und dort und den gelben
Blüten, die sie stellenweise bedeckten, begann mir irgendwie

als etwas Abgestorbenes zu erscheinen. Bixio ritt zu Pferd vorüber . . .

Nach ihm erschienen einige Vortrupps, Leute, die mit der »Piemonte« gekommen sind, schöne Pferde, schöne Reiter in eleganter Uniform . . .

Nullo überließ sich unbekümmert seinen bizarren Reiterkunststücken; mit seiner Figur eines Perseus und seinem Adlerprofil der schönste Mann der ganzen Expedition . . .

Missori aus Mailand trägt einen leichten roten Waffenrock, der seine herrenhafte Erscheinung noch betont, und auf dem Kopf ein kleidsames rotes Barett mit goldenen Tressen . . .

Auch alle anderen in der Blüte ihrer Jugend; Manci aus Trient, ein allerliebster Kerl, der mich an Grossis Fiorina erinnert, so sehr gleicht er einem unschuldigen Mädchen.

. . . als letzter erschien Garibaldi mit dem Generalstab. Er ritt einen Falben, der eines Großwesirs würdig gewesen wäre, mit einem bildschönen Sattel und durchbrochenen Steigbügeln. Er trug das rote Hemd zu grauen Hosen, auf dem Kopf einen Hut nach ungarischer Art und um den Hals ein seidenes Tuch.

Auf dem Feudalbesitz Rampagallo. Abends.

Wie flüssiges Gold schien die Sonne auf der endlosen, sanft gewellten Heide zu uns herab, wo das Gras wie auf Friedhöfen wächst und vergeht. Und nirgends eine Wasserader, nirgends ein Rinnsal und nirgends am Horizont die Silhouette eines Dorfes. »Sind wir am Ende in der Pampa?« fragte Pagani, der als junger Mann in Amerika war.

Als wir bei ihnen vorüberkamen, fragte einer von ihnen: »Ist euch diese Wüste heute den ganzen Tag aufgefallen? Man könnte glauben, wir seien gekommen, um den Sizilianern bei der Befreiung ihrer Erde vom Müßiggang zu helfen!«

Den 13. Mai. Salemi. Auf einem Klosterbalkon im Angesicht der strahlenden Sonne.

Eine Frau, die ihr Kopftuch tief ins Gesicht gezogen hatte, hielt mir murmelnd ihre Hand hin.

»Was ist denn?« fragte ich.

»Exzellenz, ich sterbe vor Hunger.«

»Hält man uns hier eigentlich zum besten?« entfuhr es mir.

Salemi, den 14. Mai.

Der General hat sich im Namen Italiens und Vittorio Emanueles zum Diktator erklärt. Darüber wird geredet, und nicht alle sind damit einverstanden.

Salemi, den 15. Mai, um 5 Uhr morgens.

Der Wecker läutet. Simonetta kommt, um uns zu sagen, daß wir aufbrechen. Ein großartiger Kerl, dieser Simonetta. Er will nichts für sich und lebt nur für die anderen. Muß jemand Wache stehen? Simonetta ist dazu bereit. Ein ermüdender Dienst? Schon ist er, schmal und freundlich, zur Stelle. Brot wird ausgegeben? Er kommt als letzter, um seine Ration in Empfang zu nehmen. Er hat seinen verwitweten Vater allein in Mailand zurückgelassen.

In wenigen Minuten wird aufgebrochen.

Der Feind steht tatsächlich neun Meilen von hier entfernt. Wir haben uns zwei Tage und zwei Nächte auf dieser Anhöhe inmitten dieser armen, ungebildeten Leute ausgeruht. Wer weiß, wo wir heute abend schlafen werden? Die Artillerie hat angespannt; die Lafette reckt ihren Hals; die Kanoniere sind angetreten. Fast alle sind Ingenieure.

Den 15. Mai, 11 Uhr mittags. Auf den Hügeln von Pianto Romano.

Dort drüben steht der Feind. Auf dem Berg uns gegenüber wimmelt es von Soldaten; etwa 5000 Mann. Kompanieweise gestaffelt sind wir aufgestellt. Der General beobachtet von unserer Anhöhe aus die feindlichen Bewegungen.

Plötzlich hat sich das Pferd von Oberst Carini aufgebäumt. Er ist gestürzt. Das macht nichts. Schon sitzt er wieder im

Sattel. Zuvor sah ich auch La Masa stürzen. Der hat sich bestimmt weh getan. Mir war, als schlüge mein eigener Kopf auf diese Steine.

Den 16. Mai. Im Kloster San Vito oberhalb von Calatafimi.
Unsere Kompanien zogen in frohgemutem Marsch singend bergab. Garibaldi zu Pferd an einer Straßenbiegung wirkte von unten gesehen riesig vor dem Himmel. Vor dem strahlenden Himmel, von dem heißes Licht rieselte und uns zusammen mit dem Duft des Tales berauschte.
Inzwischen flohen die Leute aus Vita. Flohen mit ihrem Hausrat und zerrten Greise und Kinder hinter sich her. Alle in Tränen. Traurig zogen wir durch das Dorf, und die armen Leute schauten uns nach, bezeigten uns durch Gesten ihr Mitleid und sagten: »Ihr Ärmsten!«
»Wie? Rote Hosen? Bringen die Neapolitaner gleich die Franzosen mit?« riefen einige von uns empört, als sie das Rot in den feindlichen Reihen entdeckten. Doch die Sizilianer, die das hörten, beruhigten sie und erklärten ihnen, daß auch die neapolitanischen Offiziere rote Hosen tragen.
Nachdem die neapolitanischen Jäger ganz, ganz langsam zwischen den Reihen der Feigenkakteen den Berg herabgezogen waren, eröffneten sie als erste das Feuer.
»Nicht zurückschießen! Nicht zurückschießen!« riefen unsere Hauptleute. Doch die Kugeln der Jäger pfiffen so aufreizend über uns hinweg, daß wir es einfach nicht aushalten konnten. Man hörte einen Schuß, dann den nächsten und noch einen; dann wurde zum Aufbruch geblasen und dann zum Laufschritt. Das war der Trompeter des Generals.
Die Ebene war rasch überquert und die vorderste Linie des Feindes durchbrochen . . .
Weiter drüben sah ich, wie Garibaldi, den Säbel in der Scheide geschultert, langsam zu Fuß voranging und alles im Auge behielt.

Rings um ihn fielen die Unseren, vornehmlich diejenigen, die rote Hemden trugen. Bixio sprengte im Galopp herbei, um den General mit dem Leib seines Pferdes zu schützen. Er zog ihn hinter die Kruppe und rief ihm zu:

»General, so wollen Sie sterben?«

»Wie könnte ich einen besseren Tod sterben als für mein Land?«

Da und dort vernahm man Gewehrfeuer. Die königlichen Truppen rollten Felsbrocken herab und warfen Steine. Es hieß, einer von ihnen habe sogar den General gestreift.

In meiner Nähe schien Missori, der Kommandant des Spähtrupps, dessen linkes Auge geschwollen und blutig war, auf die Geräusche, die vom Gipfel kamen, zu lauschen. Von dort hörte man den schweren Tritt der Bataillone und Tausende von Stimmen. Auf und ab schwellend wie Meereswogen im Sturm riefen sie: »Es lebe der König!«

Sirtori in Schwarz, dem nur ein bißchen von seinem roten Hemd unter den Aufschlägen hervorlugte, hatte in seiner Uniform mehrere Risse, die von Kugeln herrührten, war aber nicht verwundet. Ohne jede Gefühlsregung, mit der Reitpeitsche in der Hand, schien er nichts von der lauernden Gefahr rings um ihn zu merken.

Zum großen entscheidenden Zusammenstoß kam es, als die Fahne von Valparaiso, die von Hand zu Hand gegangen und schließlich bei Schiaffino gelandet war, für ein paar Augenblicke im dichtesten, schlimmsten Handgemenge hin und her geschwenkt wurde und dann verschwand. Doch Giovan Maria Damiani von einem der Vortrupps bekam eines ihrer Bänder zu fassen und riß sie ab. Er auf seinem Pferd, das sich über dem Knäuel der Feinde und der Unseren aufbäumte – das glich einem Standbild von Michelangelo.

Einer der unseren lud eine Donnerbüchse mit ganzen Händen voll Kugeln und Steinen, kletterte dann den Hang hinauf und feuerte auf Gedeih und Verderb. Von unten sah man ihn, wie er klein, mager und schmutzig seine nackten

Schienbeine an den Dornenhecken aufriß, von denen ein widerlicher Friedhofsgeruch ausging . . .
Tapfer auch alle Mönche bis zum letzten, den ich sah. Am Oberschenkel verwundet, holte er die Kugel selbst aus seinem Fleisch und begann von neuem zu feuern.
Während des Kampfes sah man auf den hohen Felsen rings um uns ganze Scharen von Bauern, die das grausame Schauspiel aufmerksam verfolgten. Von Zeit zu Zeit brachen sie in lautes Geschrei aus, das dem gemeinsamen Feind Angst einjagte.

Dann erhob sich ein eisiger Wind . . .
Plötzlich brach die Nacht ein . . .

Drittes Kapitel
Morti sacrata – die dem Tode Geweihte

Tristes presentimentos de lo que ha de acontecer.
Traurige Vorahnungen von dem, was kommen wird.
Goya, Los desastres de la guerra

Alcàra Li Fusi in den Nebroden, am 13. Mai 1860.

. . . *ad aridas profectus cautes, siti enectus fontem poposcit,
monitusque baculo ferire silicem, e saxo rivum* . . . (. . . als er
zu den kahlen Höhen kam, verlangte er, von Durst tödlich
erschöpft, nach einer Quelle, ward geheißen, mit seinem
Stock an den Felsen zu schlagen und aus dem Stein ein
Rinnsal . . .)

Scheiße, nichts als Scheiße! Von Wasser keine Spur. Vertrockneter Kot zwischen den Steinen auf dem Viehtrieb,
Kuhfladen, Mist von Mauleseln und Ziegenknüttel, wo
immer er den Pilgerstab aufsetzte, an dem die leere Flasche
hohl dröhnte. Er spuckte schaumigen Speichel aus. Heiliger
Nikolaus, Nikolaus, du Bräutigam, Wundertäter für mär-
chensüchtige Bauern, jungfräulicher, und weshalb? Weshalb
hieltest du's so? Einsiedler und Heiliger aus Angst vor einer
Fotze, Wurzeln, Rinde und Kräuter, Larven, Heuschrecken
und Schnecken, Striegel und Kardätsche, Kies an den Knien,
Asche und Spreu, pergamentenes Buch, Paracletica, Meno-
logien, Rohr mit dem Kreuz, spindeldürr auf den Knien
liegend wie eine Strohpuppe, in der Höhle zu verbrennen,
per poenitentiam instar lucernae ardentis ante Deum (zur
Buße gleich einer brennenden Öllampe vor Gott), Flüchtling
aus dem Vaterhaus am Vorabend der Hochzeit und dreißig
Jahre lang Einsiedler in der Höhle von Calanna, wie ein
verstoßenes grünes Jüngferchen, das man mit all seinem

Geld und seinen Juwelen sitzen gelassen hat, so ist's doch? Jawohl, und geboren in Adrano, einem Dorf weißhäutiger Männer, schlappschwänziger Griechen, die man hierher verpflanzt hat.

»Ach und weh«, er wendet den Kopf nach oben, dahin und dorthin, die Augen weit aufgerissen in ihren Höhlen beim Krächzen der Raben und Wildtauben, die aus den Felsspalten aufsteigen, Crasto, Moéle, Crésia, Lèmina, Pascí, in das Tal einfallen, am veilchenfarbenen Himmel schweben. Es war Mai. Bei Sonnenuntergang am Vorabend des Festes anläßlich der Begebenheit im sechzehnten Jahrhundert, als es seit sieben Monaten nicht mehr geregnet hatte. Das Volk flehte zu dem Skelett in der Kutte mit Buch und Kreuz, das in seinem Kristallsarg auf einem Eselsrücken über Viehtriebe und Felder wankte. Schau nur, Seliger, heiliger Einsiedler, Weiden ohne Gras, hungernde Tiere, verdorrte Saaten. Da geschah es, daß vom Meer ein Wölkchen aufzog, flugs dehnte es sich aus, bedeckte den Himmel und ergoß stillen reichlichen Regen auf die Erde: Staub, dumpfes Prasseln, Glucksen, Trommeln auf dem Glas des Sarges, ranziger Geruch von Tieren, Menschen und Kleidern, Gesichter und Hände, die sich in die Luft recken, offene Münder, aus denen die Zunge heraushängt. Gebenedeit die Brüste, die dich gesäugt, und der Leib, der dich getragen hat.

»Ach und weh«, zu den riesigen Greifvögeln hoch in den Lüften, die den Hirten als Gänsegeier gelten.

Jenseits von San Fratello, hinter dem Berggrat sandte die Sonne zur Höhe hinauf ein Leuchten wie altes byzantinisches Gold, dichter Ginster, Minze, Fenchel, Rosmarin, Oleander und Levkojen, Heckenröschen, Gemurmel von Wasser im tiefen Stella-Tal, das über Felsen und durch Schluchten steil zum Rosmarino hinabstürzt zur Qual des Basilianermönchs im schlichten Gewand des Laienbruders, Bettel- und Bußgang auf dem Viehtrieb nach Alcàra, sonnenverbrannt, knochig und gebeugt, vor Durst Schaum um den Mund.

In der Grotte, beim Hüten deines schimmeligen, zu Staub zerfallenen Gebeins, bin auch ich zum Einsiedler geworden wegen der unseligen Unersättlichkeit dieses feisten blinden Tiers, des Satans, der mir zwischen den Beinen nagt, in der Grotte verborgen, unkenntlich durch grobe Kutte und Bart, jahrelang, um Messerstichen und Gewehrschüssen zu entgehen. War das Sünde, Jungfräulicher, war das Sünde? Sie schrie, die Verfluchte, schrie vor Schmerz, daß die Leute mit Mistgabeln in den Wald gelaufen kamen. Gibt es da eine Schuld, Liberante, wo ein feister Teufel sich unter dem Bauch eingenistet hat?

»Ach, oh, ach«, der Bettelsack ist am Dornenstrauch hängengeblieben. Zerren und Schlagen rückwärts mit dem Pilgerstab, ohne sich umzuwenden. »Weiche von mir, gehörnter Satan!« Und mit schwielenharten Füßen lief er über Steine und Disteln, blieb auf dem Schotter am Abhang stehen, um Atem zu holen.

Mit reglos ausgebreiteten Schwingen senkt sich ein Greifvogel auf ihn herab und hält dabei etwas im Schnabel, Kalebasse, Feldflasche oder Tonkrug mit frischem Wasser? Riesig über seinem Kopf, mit den unbehaarten Schenkeln einer Frau, Schorf unter den Flügeln, Zecken und rundem, verwurmtem Auge. Er reißt den Schnabel auf, und der Tonkrug zerschellt auf den Steinen. Aufzischen verschütteten Wassers. Hohnlachend schlägt der Vogel mit den Flügeln, zielt auf ihn mit Schnabel und Krallen. Den Bettelsack als Schild über dem Kopf, läßt der Einsiedler sich blindlings zu Boden fallen. Schwer lastend schlägt der Raubvogel die Krallen in seine Brust, mit Schnabelhieben hackt er zwischen seine Beine. Schaum tritt dem Einsiedler vor den Mund, die Stimme gefriert ihm in der Kehle, Schweiß bedeckt ihn und ein schreckliches Zittern schüttelt sein Gebein. Und dann heult er auf, mitten in dem Schweigen der Dämmerung über dem Tal, und verliert das Bewußtsein.

Als er aus dem Schlaf wieder erwacht, pocht es wie von Eisen gegen seine Schläfen, rasche rhythmische Schläge von

Hämmern auf einem Amboß, Kratzen von Feilen auf Metall, in Wasser aufzischende Glut, Schnaufen eines Blasebalges, hetzerische Menschenstimmen, Gelächter, vor Erschöpfung keuchender Atem. Das war die Hölle. Wie tot blieb er unter dem Feigenbaum liegen. Öffnete ein Auge und dann das andere, fand sich auf dem Vorplatz einer Schmiede. Nie davon gehört, gänzlich unbekannt, unter Eichen versteckt ein Pferch für Tiere in Santa Marecúma. Draußen schlugen sie hurtig und frohgemut auf den Amboß ein, nackte, verschwitzte Rücken, Sguro und Malandro, Riesenkerle, die für die Kraft ihrer Fäuste und wegen ihrer Wildheit bekannt waren. Und Caco, Scippateste, Carganintra, Casta, Mita, Inferno, Mistèrio und Milinciana, schwarz von Sonne und Kohle, ölten verrostete Flinten, gossen Bleikugeln, füllten Patronen, schnitten Geschosse zurecht, brachten Eisen zum Glühen, bedienten den Blasebalg, raspelten, schliffen an steinernen Rädern Sicheln, Äxte, Mistgabeln, Hacken, Messer und Scheren. War es April, um zu jagen, Juni, um zu ernten, August, um die Schafe zu scheren, Oktober, um Holz zu machen, oder Dezember, um Hammel und Schweine zu schlachten?

»Schweine zu jeder Zeit, Bruder Nunzio.«

»Es gibt ja so viele.«

»Sehr viele.«

»Salami, Bratwürste, Preßkopf, Rippchen, Sülze und Speck. Ach, was für ein Überfluß in diesem Jahr.«

»Sogar genug für Euch, Bruder Nunzio.«

»Der Einsiedler ißt doch nichts.«

»Der saugt.«

»Blut.«

»Wie die Marder.«

»Die den Kaninchen das Blut aussaugen.« Sie lachten. In der sinkenden Nacht glichen die glühenden Eisen roten Lichtern, und die geschliffenen Klingen sprühten Funken.

»Wasser, Kinder«, flehte der Einsiedler.

»Wasser, Wasser, für Bruder Nunzio.«

Ernst und hilfsbereit reichten sie den Krug von Hand zu Hand. Fiebernd umklammerte der Einsiedler die Henkel und setzte ihn an die Lippen. Der Adamsapfel hüpfte in seiner Kehle. Prustend benetzte er Bart und Kutte.

»Das ist ja Essig, ihr Satansbraten, Essig!«

»Essig?«

»Essig?«

»Ein Wunder!«

»Der Einsiedler ist ein Heiliger!«

»Hat Wasser in Essig verwandelt!«

»Selig seid Ihr, Bruder Nunzio!«

»Auf dem Viehtrieb hatte er eine Vision.«

»Und schrie vor Lust und Erstaunen.«

»Und verlor das Bewußtsein.«

»Und die Herrschaft über den Schließmuskel.«

»Ihr Satansbraten, verfluchte Höllenbrut«, zischte er mit zusammengebissenen Zähnen.

Demütiges, unterwürfiges Lächeln:

»Geht ihr denn nicht hinab ins Dorf, macht ihr morgen zu Sankt Nikolaus nicht Feiertag?«

»Den lassen wir diesmal aus, Bruder Nunzio. Seht Ihr denn nicht, wieviel Arbeit wir haben?«

»Ja, Arbeit.«

»Arbeit.«

»Wir feiern dafür am kommenden Donnerstag.«

»Ein Fest.«

»Ein wüstes Fest.«

»Zu Himmelfahrt.«

»Unseres Herrn.«

»Jesus Christus.« Sie bekreuzigten sich.

»Amen.«

»Kommt herunter aus Eurer Einsiedelei, Bruder Nunzio, dann werdet Ihr schon sehen.«

»Gelobt sei Jesus Christus«, und der Einsiedler wandte sich dem Viehtrieb zu.

Die Stimmen der Hirten gingen im Klirren des Eisens unter.

Im Flecken Paràtica bei den Kapuzinern – vertrocknete Tote, aufrecht in den Nischen der Kellergewölbe, mit verdrehten Hälsen, aufgesperrten Mäulern, schreiend und lachend, mit Handschuh und Tanzschuh, Salpeter, Werg und zerfressenem Auge – war es schon Nacht, die von den Lichtern in den Häusern und auf den Dorfstraßen gesprenkelt war.

Am Ausgang von Mandrazza, auf der Flur namens Palo, Ansammlung von Nachttöpfen und Bettschüsseln, von Unrat und Abfällen, Abtritt für Nieren und Gedärm, hob er die Kutte bis zum Bauch, hockte sich nieder und ließ dem Durchfall seinen Lauf, den er sich auf dem Viehtrieb geholt hatte. Pestilenzialisch schwarzer Gestank wirbelte mit der Abendbrise vom Roccazzo herab, vom Rosmarino herauf, Gesindel und Viehzeug, scharrende Hunde, streunende wühlende Ferkel, Ratten auf Schichten von Exkrementen. Palo, Schimpf- und Schandpfahl einstiger Ketzer und Gotteslästerer, die an Stricken aufgehängt, ausgepeitscht und der Garrotte überantwortet, hier erst einmal zu kacken begannen. Das Heilige Offizium verfügte es so. Könnte man doch ebenfalls über diese Bestien in der zwischen Eichen versteckten Schmiede verfügen, über diese Satansbraten, ihnen Hab und Gut, Frauen, Kinder und Vieh fortnehmen, ihre Häuser, die Schmiede zerstören. Wie es dem Matthäus geschah aus dem Haus in der Via Forno. *Hierorts stund das Haus des Matteo Carruba, von der Heiligen Inquisition dem Erdboden gleichgemacht, weil er verschimpfieret den Mönch Augustinus von Urbino, Oberhaupt besagten Heiligen Offiziums.* Des hochheiligen. Und war der arme Einsiedler, das Mönchlein, der Laienbruder etwa nicht von diesen Zuchthäuslern mißhandelt worden?

Unterhalb des Kastells Turio auf dem Piano Abate plätscherte das Wasser des Brunnens aus sieben Röhren. *Arcara hoc placido splendida fonte bibit.* Alcára trinkt aus dem friedlichen Quell, die Strahlende. Aus vierundzwanzig Röhren plätscherte es weiter unten in den Waschtrog. Umgeworfene

Mühlsteine, Säulentrommeln und allenthalben verstreute Kapitelle. Welche Lust, hier bis zum Hals einzutauchen. Doch er netzte nur Arme, Beine und Scham. Dann Wasser in die Kehle nach dem rasenden Brand und in die Pilgerflasche als Vorrat. Sauber und frisch auf die Piazza. Dort im Dunklen Leute auf der steinernen Bank vor der Mauer der Kirche Mariä Himmelfahrt, der Hauptkirche des Ortes. Die Turmuhr mit ihren Gewichten zeigte die dritte Stunde der Nacht an. Und darunter die Sonnenuhr, ein weißer zeitloser Fleck, der Laternenanzünder mit seinem Stock in der Hand, Meister Turi Harra, Meister Ciccio Papa, der Gemeindediener, Cola Zaíti, Faktotum im Kasino, und Meister Tano Manzo, der Sakristan. Eifriges Geschwätz, Seufzen, Niedergeschlagenheit, spähende Blicke in die Taverne, die aus ihrer Tür wie aus der Öffnung eines Kalkofens zuckendes Licht, Stimmengewirr, Gebrüll und das Anschlagen von Billardkugeln entließ.

»Gelobt sei Jesus Christus.«

»Gelobt.«

»Ihr seid spät dran, Bruder Nunzio.«

»Ich bin spät aus der Einsiedelei aufgebrochen. Was treiben denn diese Gotteskinder?«

»Die feiern.«

»Was denn?«

»Wißt Ihr das Neueste nicht?«

»Einer namens Garibardo . . .«

»Wer ist denn dieser Christenmensch?«

»Ein Brigant. Feind Gottes und Seiner Majestät des Königs, Gott beschütze ihn. Er ist in Sizilien gelandet, und es wird wie ein neues achtundvierziger Jahr.«

»Er schlachtet Nonnen, zündet Klöster an, raubt Kirchen aus, entführt Ehrenleute und beschützt Galgenstricke . . .«

»Andere sagen, er verschaffe ihnen Gerechtigkeit und Grundbesitz . . .«

Hastiges Kreuzschlagen, Händefalten, gesenkte Köpfe und dumpfes Gemurmel des Vaterunser.

»Amen.«

Flink, an den Straßenecken vorwärts und rückwärts spähend, zur einsamen Kalvarienkirche. Erschaudern im Portikus vor dem Flug der Fledermäuse zwischen den Säulen, hastig Pforte und Windfangtür aufgestoßen und schnell den Schlüssel gedreht. Aufatmend stand er im Kirchenschiff.

In dessen Mitte ein Sarg aus weißen Brettern, aufgebockt, und an den Ecken vier Kerzen in ihren Leuchtern.

»Zum Teufel damit!«

An seinem Zufluchtsort, dem Altar der Heiligsten Muttergottes von den sieben Schmerzen, bereitete er sich mit Kissen, Altartüchern, Velen und Antependien für die Nacht ein Lager.

Er setzte sich auf die Stufen. Aus dem Bettelsack Brot, Schafskäse und Bohnen, Wasser aus der Flasche. Voll und satt gähnte er, reckte und streckte sich, um zu schlafen. Im Kerzengeflacker Aufblitzen der Kupfergriffe des Sarges, Füße in Gestalt von Greifenklauen, Goldschimmer auf dem schwarzen Samtumhang, der von dem Kranz der Schwertknäufe im Herzen Marias stammt, weit geöffnete Silberaugen, starres Auge, flammende Augen und Herzen, auf- und absteigende Messingpfeifen über der Orgel. Jenseits der Lichter im Schatten von Decke und Wänden Herabstürzen grinsender Schädel, Flug von gekreuztem Gebein, Skelette, die unter Steinplatten hervorschnellen, aus Sarkophagen steigen, aus Grabstätten und Nischen, in der Diagonale Engel mit pergamentenen Flügeln, die Trompete blasen . . .

»Zum Teufel damit!« Und er wandte sich zur anderen Seite, streichelte den Teufel, der sich auf dem weichen Lager erhoben hatte.

Spitze Schreckensschreie, Klagen, Schluchzen weckten ihn plötzlich gegen Morgen.

»Heiliger Liberante, was bedeutet dieses Geschrei?«

Der Sargdeckel geöffnet, auf der Erde kauernd, zitternd und verzweifelt, ein Mädchen, jungfräulich weiß gekleidet.

»Still, lieb . . .«

»Hilfe, Erbarmen!« Sie kroch herbei, faßte mit bebenden Händen den Saum seiner Kutte, umschlang seine Beine. Als er sie unter den Armen packte, fiel sie kraftlos zu Boden. Mühsam trägt er sie zu dem Lager.

Wasser lehnt sie ab.

»Ruft Leute, Einsiedler, meinen Vater, die Brüder . . .«

Über sie gebeugt mit tiefliegenden glänzenden Augen und einem gierigen Lächeln, das die zusammengebissenen Zähne inmitten des pechschwarzen Bartes entblößt:

»Ruhig, Jüngferchen,

Heiliger Placidus, heiliger Leo.

Sei nur still.

Was ist denn, beim Mantel Mariens?«

Mit seinen knochigen, dunklen Händen strich er ihr leicht über Haar und Wangen.

»Dem Tod geweiht

frevlerisch zurückgekehrt.

Gesetz ist's, ja Gesetz,

nie nach Lebenden zu rufen.

Nicht nach Vater noch Mutter und nicht nach den Brüdern, nach keinem Christenmenschen,

bei Höllenstrafe,

verstehst du, Heimgegangene?

Abgeschiedener Seele

Geziemt kein Wanken,

Der auferstandene Leichnam

Muß in den Tod zurück.

Amen.«

Und er packte ihre Knie, umklammerte sie mit den Fingern, um sie gewaltsam zu spreizen.

»Erbarmen, Mutter Gottes!« sie fuhr von dem Lager auf, rannte wie von Sinnen durch die Kirche.

»Hilfe, ihr Christenmenschen, Hilfe, ihr Leute, Mutter Gottes steh du mir bei!«

Der Einsiedler verfolgt sie mit einem Prozessionskreuz und mit einem Schlag seines spitzen Eisenarms auf ihren Nacken schneidet er ihr den Schrei in der Kehle ab, wirft sie zu Boden.

Auf dem Lager entblößt er sie bis zum Gürtel und nimmt sie, die noch warm ist.

Dann legt er die Tote wieder im Sarg zurecht, mit gefalteten Händen, den Rosenkranz zwischen den Fingern. Hebt den Deckel darauf, einen Spalt hält er offen. Holt eine Kerze heran und schaut.

»Dem Tode geweiht«, murmelt er. Läßt los, und das Aufschlagen des Deckels widerhallt wie ein Donner.

Böllerschüsse und Fanfarenklang, Glockengeläut, das Krähen von Hähnen und Hundegebell, Geschrei von sardischen und Beduineneseln in der Maiensonne, die überall hindringt und ans Dunkel gewöhnte Augen schmerzt.

Der Einsiedler läuft durch entlegene Straßen, dicht, dicht an den Mauern entlang, eilig biegt er in Gäßchen ein. Steigt auf die Piazza hinab, die mit Girlanden, Standarten, Fahnen und Quasten geschmückt ist, keucht atemlos, betritt die Hauptkirche während der Elevation und erreicht rasch den Altarraum. Fällt vor dem Volk auf die Knie, breitet die Arme aus und verdreht die Augen nach oben.

»Ein trauriges Vorgefühl von bitteren Ereignissen zieht mir durch Herz und Hirn«, deklamiert er in der Stille. »Es riecht nach Blut, nach Eisen, nach Brand . . . nach Tod. Ihr Bürger von Alcàra, Handwerksmeister, habt acht, haltet euch bereit. In Santa Marecúma . . .«, und er hielt inne. Gemurmel erhob sich in den Kirchenschiffen. Der zelebrierende Erzpriester, Pater Adorno, in weißgoldenem Meßgewand, wandte sich plötzlich um und erstarrte zur Salzsäule, Kelch und Hostie hocherhoben, das Rund des Kirchenfensters wie einen leuchtenden Heiligenschein rings um seinen Kopf.

Die Hirten im Hintergrund beim Taufbrunnen grinsten und schauten sich in die Augen. Die Frauen, die ohnehin auf den Knien lagen, beugten sich noch tiefer, schlugen an ihre Brust und sandten Stoßgebete zum heiligen Nikolaus von Alcàra und Adernò, zum heiligen Calogerus von Fitàlia, zum heiligen Conus von Naso, zum heiligen Leo von Longi, zum heiligen Laurentius von Fràzzanò, zum heiligen Blasius von Caronia, zum heiligen Philippus von Fragalà, zur heiligen Thekla von Mirto, zur heiligen Mutter Gottes von Tíndaro, vom Cap Orlando, von Palati und Maniace.

»Einsamkeit und Entbehrungen haben ihn um den Verstand gebracht«, flüsterte der Notar Don Giuseppe Bártolo, Bürgermeister von Alcàra, seinem Sohn, dem Professor Ignazio, zu, der neben ihm stand. Mit den Chiuppa, den Capitò, den Manca, Gentile, Artino und Lanza saßen sie in der ersten Reihe, die Sippschaft der Herren im Dorf, Verwalter der Güter von Sankt Nikolaus und Pantaleon, mischten bei allem mit, hatten sich die Domänen angeeignet, warfen sich in die Brust und taten so vornehm, als wären sie die Erben der Palizzi und Cardona.

»Immer wunderlich gewesen, Herr Papa. Leidet an Fallsucht.«

»Wo stammt er denn her?«

»Die einen meinen von Bronte, die anderen von Galati oder Tortorici. Die einen halten ihn für gebildet, die anderen für einen Mann aus der Hefe des Volkes. Aber alle sind sich darüber einig, daß er sich wegen einer lange zurückliegenden Weibergeschichte in der Einsiedelei verborgen hält.«

»Wegen einer Weibergeschichte? Diese halbe Portion, dieses Knochenbündel . . .«

»Hm, es heißt, unterwärts habe er ein Ding wie ein Esel . . .«

»Einen Kopf hat er wie ein Esel. Und die Schultern eines Unglücksvogels!«

Eilig verließ der Einsiedler den Altarraum, rannte durch den Gang zwischen den Stühlen hindurch, kam gerade noch rechtzeitig auf die sonnige Piazza und brach in einem plötzlichen Anfall seines Leidens mit einem Schrei zusammen.

Viertes Kapitel
Val Dèmone

Sant'Agata di Militello, den 15. Mai 1860.

Alle Leute von Canna Melata, Piano Castello und Piano della Chiesa nach Costa di Pozzo zu, ja vom Telegrafo, von Cucco Bello und vom Vallon di Pòsta liefen zum Strand hinunter. Die Fischer waren die ersten, die vor den Gärtnern, den Fuhrleuten und den Maultiertreibern das Postschiff schon aus der Ferne entdeckten. Groß und weiß, mit Rauch, der aus dem Kamin aufstieg, und den Schaufelrädern, die sich knirschend drehten. Es glitt an der Mündung des Furiano und an der des Inganno vorbei, fuhr um die Lena-Spitze und dümpelte keinen Schuß weit genau gegenüber vom kleinen Turm des Kastells der Granza Maniforti.

»Raimondo, jetzt werd' ich aber wütend«, sagte der Fürst Don Galvano zu seinem Sohn und schlug mit dem Ochsenziemer gegen seinen Stiefel. Währenddessen hantierte der Junge an dem Fernrohr, das auf der Plattform des Turms auf einem Dreifuß stand.

»Ich seh's, ich seh's«, rief Raimondo.

»Herrgott, was siehst du denn?«

»Einen Löwen . . . einen Löwen, der aus einem Bach trinkt.«

»Eine fabelhafte Entdeckung! Das ist doch das Wappen der Florio-Flotte. Den Namen, ich möchte den Namen des Dampfschiffs wissen!«

»Siii . . . cciii . . . líii . . . a.«

»Sicciliía?? . . . Siccilía! Siccilía! Ach, du Rindvieh! Was bringen dir die Geistlichen im Capizzi-Internat in Bronte eigentlich bei?«

Taub gegen das, was der Vater ihm sagte, suchte Raimondo jetzt das Deck ab und schrie vor Vergnügen beim Anblick der Leute, die sich dort zu schaffen machten, herumliefen, an die Reling traten: Kapitän, Bootsmaat, Heizer, Matrosen und Passagiere.

»Sicilia?« wiederholte Don Galvano. »Du Schweinskaffer bringst mich noch ganz durcheinander. Das ist doch, das ist doch der Dampfer, mit dem Mandralisca ankommt. Schnell, geh und sag Matafú, er solle ihn am Strand abholen.«

Raimondo rührte sich nicht, sondern blieb vornübergebeugt an dem Fernrohr kleben. Don Galvano zog ihm einen mit dem Ochsenziemer über den Hintern. Raimondo fuhr hoch, schaute den Vater verwundert an, rieb sich die Arschbacke und fort war er, die Wendeltreppe hinunter in den Hof. Der Fürst schaute sich um, und als er sicher war, daß kein indiskretes Auge seine Schwäche entdeckte, stellte er sich vor den Dreifuß, spreizte die Beine, beugte sich vor, verdeckte mit einer Hand das linke Auge und näherte das rechte dem Fernrohr. Vor Staunen fiel ihm der Unterkiefer herunter. Dann erhob er die Hand mit dem Ochsenziemer und schlug damit in die Luft, als wolle er die Figuren treffen, die da in Lebensgröße vor ihm erschienen. Doch der Ochsenziemer traf das andere Ende des langen Fernrohrs, das sich mit blechernem Scheppern senkte, so daß es vorn hochschnellte und dem Fürsten den steifen Hut vom Kopf riß.

»Teufel und Teufeleien!« schimpfte er, hob seinen Hut auf und trat an die Brüstung der Plattform, über die der Efeu, der das ganze Rund des Turmes bedeckte, hervorlugte, um dann einen anderen Weg einzuschlagen und die Schloßmauer bis zum Dach hinauf dicht zu überranken. (Ach, wie viele Geckos und Spinnen sich in ihm versteckten!)

Er schaute nach rechts, wo die Küste sich am Rand der Ebenen von Torrenova, Rocca und schließlich am Kap entlang schlängelte, die von den Flußbetten des Zappulla und des Rosmarino gefurcht waren. Und weiter in der Ferne, jenseits von Kap Orlando, Lipari und Vulcano, Landzungen, die ohne Unterbrechung in das Kap Milazzo übergingen, und dann das doppelgipflige Salina und schließlich, wie blaue durchscheinende Segel am Horizont, die Felsen von Alicuri und Filicuri. Auf der gegenüberliegenden Seite, jenseits der Landspitze von Lena und Acquedolci, Torremuzza und Finale erhob sich wie eine Krone auf dem blonden Haupt eines normannischen Roger oder Wilhelm der dreizackige Fels über der altersgrauen Stadt Cefalù.

Was für ein Wahnsinn, dachte Maniforti bei sich. Wird er das Reisen denn niemals leid, dieser sonderbare Mandralisca?

Er betrachtete den Dampfer vor sich. Kleine und große Fischerboote hatten vom Ufer abgelegt und hielten nun an der Seite des Schiffs, um Waren und Fahrgäste zu übernehmen. Und alle Landratten standen am Strand und riefen und winkten fröhlich hinüber.

»Diese Faulenzer und Drückeberger! Lassen alles stehen und liegen, nur um so einen blöden Kahn zu sehen, der mit Feuer angetrieben wird«, murmelte Don Galvano. Wandte dem Meer den Rücken zu und stapfte die Treppe zu den Räumen der Beletage hinunter.

Schon hörte man Hufgeklapper und das Knirschen der eisernen Radreifen auf dem Kies des Hofes. Don Galvano trat an die Balkontür, und durch einen Spalt im dichten Laubdach der Platanen und Feigenbäume, der Palm- und Bananenblätter erspähte er Mandralisca, der mit Hilfe des Kutschers Matafú den Wagen verließ. Hinter ihm ein dicker roter Diener, der unter dem Gewicht von Paketen, Taschen und Koffern schnaufte.

»Enrico, Enrico?« rief der Fürst.

»Galvano, Galvano!« erwiderte Mandralisca und schaute ratlos nach oben wie Adam, als die Stimme Gottvaters erklang, um dann freilich über dem Blätterdach seinen Freund Maniforti zu entdecken.

Auf der Treppe umarmten sich die beiden. Dann machten sie es sich im runden Salon bequem, einer dem anderen gegenüber, und lachten einander wohlgefällig an.

»Wie reizend, wie reizend«, wiederholte Maniforti beständig. Und wie jedesmal, wenn die beiden sich trafen – was alle zehn Jahre einmal vorkam –, rekapitulierten sie die Zeit ihrer Klausur im Königlichen Konvikt Carolinum in Palermo, die weit zurücklag, ihnen aber so deutlich vor Augen stand wie ein Bild, von dem alles möglicherweise Ablenkende entfernt worden war, weil es dem Maler darauf ankam, lediglich die Hauptzüge hervorzuheben: die grimmigsten Gesichter und lautesten Donnerstimmen der Lehrer, die unverschämtesten und geschniegeltsten Schulkameraden; die reizendsten Mütter und Schwestern von denen, die an den Feiertagen ins Sprechzimmer kamen. Dann ging das Gespräch zu den Geschicken und Lebensumständen der Mitschüler über, zu vernichteten Vermögen, verspieltem Großgrundbesitz, Todesfällen und Testamenten, Selbstmorden und Totschlag, Titelverkauf, erloschenen Geschlechtern, glanzvollen Karrieren, Verlobungen und Heiraten, Messalliancen, Kindern und Enkelscharen . . .

»Ja, ja, das Leben«, beendigte Maniforti wie jedesmal das Gespräch.

»Ja, das Leben«, echote Mandralisca, der wußte, daß man mit Maniforti über nichts anderes als über die Geschichte einzelner Personen, über Familienangelegenheiten und über Geld und Geldeswert sprechen konnte. Über die Regierungen und die Schicksale von Kaiser- und Königreichen oder von Fürstentümern, über Krieg und Frieden, Rechte und Freiheiten vieler Menschen mit ihm reden zu wollen, wäre vergeblich gewesen. Er betrachtete über dem Kamin das Wappen der vornehmen Familie, aus der Galvano hervorgegangen war: ein auf den Hinterbeinen aufgerichteter Löwe, der die Vordertatzen in die Luft schlug.

Aber wie sind unsere Vorfahren eigentlich zu ihrem Adel gekommen, fragte sich Mandralisca. Weil sie sich um ihre eigenen Interessen oder die der anderen kümmerten? Und wenn ersteres zutrifft, was ja der Fall ist, dann muß man die ganze Menschheit als adlig betrachten . . ., oder – o je – wir Menschen sind alle bar jeden Adels . . . Bis, ja bis auf einige, schränkte er dann seine Behauptung ein. Und er dachte an die Dichter, die Wissenschaftler, die Philosophen und Gelehrten, die dem Kampf um den Erwerb von Gütern enthoben und ihm fremd waren.

Aber nein, aber nein! sagte er sich dann. Fast immer steht jemand hinter ihnen, ein Vater oder ein Förderer, der zusammengerafft und dafür gesorgt hat, daß er sich nun den Bauch vollschlagen kann und so in aller Ruhe dichten oder seinen Forschungen, Ideen und Experimenten nachgehen kann. Und ich selbst, überlegte er weiter, hätte ich etwa, wenn ich nicht von meinem Vater Colombo, Giarrizzello, Musa und all die anderen Güter geerbt hätte, mich darauf kaprizieren können, Vögeln, Palmeiern und kleinen Schnekken nachzustellen, archäologische Funde, Kunstschätze, Münzen und Bilder zu sammeln ... Und seine Gedanken wanderten zu seinem Juwel, zu dem Porträt eines Unbekannten von Antonello. Und von dem Gesicht des Unbekannten glitten sie natürlich weiter zu dem lebensprühenden, wachen, einzigartigen Gesicht eines unbekannten Matrosen, eines pfiffigen Händlers und glühenden Revolutionärs ...

Vielleicht, vielleicht ist Interdonato ein wahrer Edelmann ..., beschloß Mandralisca seine Überlegungen. Und er schaute zur Balkontür hinaus ins Leere, ohne den Hügelkranz zu sehen, der sich zwischen dem Himmel und der Ebene abzeichnete, auf der dieses Kastell mit dem Dorf ringsum lag: rechts San Fratello, das einer Sphinx ohne Kopf glich, das Tal des Inganno und dann Sanguinera, Vallebruca, Serra Aragona und die Sankt Basilius-Spitze über Tiranni. (Dorthin hatte sich ein berühmter Polizeiminister vom Hofe des königlichen Souveräns Ferdinand in eine Villa zurückgezogen, um sein Alter zu genießen und zugleich seine Memoiren zu schreiben, Vicarioto, Kerkermeister, so hieß er nicht nur, das war er auch in seinem Glauben, das Verbrechertum sei in Kerkern und Zuchthäusern zu finden, obwohl doch im Vergleich mit ihm, dem Knecht der

Knechte eines ruchlosen Staates, dem Oberhaupt allen Schergentums, die Leute, die in Kerkern, Zuchthäusern, Verliesen und Zwingern in Noto, Procida, Nisida, Trapani, Milazzo und Favignana dahinschmachten, als so gerecht und heilig wie Christus an der Martersäule gelten müssen.) Zur Linken lag nackt der Monte Scurzi, und dann kam San Marco mit seinen dicht gescharten Häusern auf dem Berggrat. Weiter hinten konnte man höher und deutlicher die Granitfelsen sehen, die drohend hinter der alten Ortschaft Alcàra aufsteigen.

»Was ist, Enrico, fühlst du dich nicht wohl?«

»Doch, doch«, erwiderte Mandralisca und raffte sich zusammen. »Nur ein bißchen überanstrengt. Wahrscheinlich die Reise . . .«

»Nun, nun«, sagte Maniforti, »bald gehen wir zum Abendessen, und dann wird ein guter Schlaf dich bestimmt wiederherstellen.«

»Das wird mir sicher guttun. Morgen in aller Frühe werde ich nach Alcàra weiterreisen.«

»So. bald?«

»Ja, leider. Aber dort erwartet mich der Baron Manca.«

»Aber entschuldige, Enrico, darf ich dich etwas fragen? Was hast du denn in diesem wilden Dorf von Ziegenhirten vor? Wenn du auf die Jagd gehen möchtest, dann empfehle ich dir den Wald von Caronia oder den nähergelegenen von Miraglia. Dort jagen Scalèa, ich und manchmal auch die Pignatelli, die Piccolo, Salerno und Cupani.«

»Ja, auf die Jagd, lieber Galvano, aber nicht auf die Jagd nach Wachteln, Fasanen oder Karnickeln. Ich gehe auf Schneckenjagd.«

»Auf Schneckenjagd?« fragte Galvano entgeistert. »Wenn es nur darum geht, dann lasse ich dir so viele Körbe voll Schnecken bringen, wie du nur willst.«

»Nein, nein, ich danke dir«, wehrte Mandralisca lächelnd ab. »Es handelt sich um besondere Schnecken . . . Ich muß sie mir selber suchen, lieber Galvano . . . Keine eßbaren

88

Schnecken ... Ja, was das angeht, kenne ich sie so gut, sind mir diese Geschöpfe so vertraut, daß der Gedanke, sie zu verspeisen, mir geradezu widerstünde ...« Und schließlich erklärte er Don Galvano, der beinahe glaubte, der Freund hätte den Verstand verloren: »Es handelt sich um Schnecken, die ich für eine Studie katalogisieren möchte. An dieser Studie über die gesamten Weichtiere Siziliens arbeite ich schon seit Jahren und bin drauf und dran, sie zusammen mit dem Baron Andrea Bivona fertigzustellen.«

»Ich verstehe«, erwiderte Don Galvano. »Aber auch auf den Ländereien hier gibt es haufenweise Schnecken. Deswegen braucht man doch nicht nach Alcàra zu fahren.«

»Doch, doch. Ich interessiere mich nämlich gerade für die Schnecken, die hoch in den Bergen im fließenden Wasser, in sprudelnden Quellen und in Grotten leben wie der des Lauro am Fuß des Monte Crasto.«

»Na schön«, gab Don Galvano sich geschlagen. »Hauptsache, du bist zufrieden. Morgen in aller Frühe steht der Wagen bereit. Es ist ein mühsamer Weg, bis Militello Rosmarino steigt die Straße in vielen Kehren und Haarnadelkurven ständig bergan. Von hier nach Alcàra wird es dann etwas ebener und zivilisierter.«

»Papa, Papa!« Mit diesem Ruf stürmte der kleine Raimondo ins Zimmer, blieb aber sofort stehen und machte dem Gast, den er neben seinem Vater sitzen sah, eine schöne Verbeugung.

»Komm, komm, und sag dem Baron Mandralisca, einem lieben Freund aus meiner Kinderzeit, guten Tag«, forderte ihn Don Galvano auf. Raimondo wandte sich dem Sessel zu, auf dem Mandralisca saß, beugte sich vor und bot dem Gast seine von jugendlichen Mitessern und Pickeln übersäte Stirn zum Kuß dar.

»Wie alt bist du denn?« fragte ihn Mandralisca.

»Dreizehneinhalb«, antwortete Raimondo stolz, und als er sich aufrichtete, wirkte er noch höher aufgeschossen, als er in Wirklichkeit war, wie eine Gurke oder ein länglicher Kürbis mit den Wurzeln im Wasser.

»Und was lernst du?«

»Rhetorik, Moral, Anstandsregeln, Heraldik, Notenlesen, Fechten, Rechnen, alte Sprachen, Frangssä . . .«

»Tüchtig, tüchtig«, lobte Mandralisca lachend.

»Er ist im Capizzi-Internat«, ergänzte der Vater. »Jetzt hab ich ihn wegen einer Anämie zu Hause. Er braucht frische Luft, Sonne, Meer und . . . Er muß ein bißchen was zulegen, diese Knochen polstern . . .«

»Ja, ja«, stimmte Mandralisca zu. »Und seine Mutter, deine verehrte Gemahlin?«

»In Palermo, in Palermo! Sie hat es sich in den Kopf gesetzt, dort zu bleiben. Sie behauptet, es mache sie traurig, wenn sie fern von Palermo sei. Hier hat sie das Gefühl, in der Verbannung zu leben, inmitten einer Wüste . . . Du weißt ja, daß die Sutera höchst eigensinnige Leute sind. Aber lassen wir das«, und er wandte sich an seinen Sohn, der wie angewurzelt dastand und zuhörte. »Was gibt's, Raimondo, was wolltest du, als du hereinkamst?«

»Papa, Papa«, und Raimondo verfiel wieder in die gleiche Aufregung wie vorher. »Sie haben wieder einen Gefangenen in das unterirdische Verlies gebracht.«

»Schon gut, schon gut«, wehrte Don Galvano ab, »ich habe dir doch schon so oft gesagt, du sollst nicht unten im Hof herumscharwenzeln.«

»Aber Papa, ich war bei Matafú und dem Diener des Barons aus Cefalù . . . Er hat mich angespuckt! Er ist zwischen den Wachen an uns vorbeigegangen, hat seinen Blick auf mich gerichtet und hat mich angespuckt. Schau doch nur, man sieht noch die nasse Stelle.« Und Raimondo zeigte Don Galvano den grünen Samt auf seiner Brust mit einem runden feuchten Fleck.

»Geh rasch und zieh dich um. Wir wollen sowieso bald zu Tisch«, befahl ihm der Vater unangenehm berührt.

Und Raimondo: »Aber die Wachen haben ihn zu Boden

geworfen, haben ihn getreten und hineingezerrt. Sasà aus Cefalù ist davongelaufen und hat ›Mamma mia, mamma mia‹ gerufen.« Lachend schaute er Mandralisca an.

»Geh, ich habe dir gesagt, du sollst gehen«, schrie ihn Don Galvano ungeduldig an.

»Das sind Straßenräuber, Wegelagerer, Briganten und Übeltäter«, begann Maniforti zu erklären, kaum war der Junge hinausgegangen. »Sie machen sich alles zunutze, Brennholz, Eicheln, Kräuter, Oliven, Zicklein und Ferkel . . . Sie wären imstande, sogar in dein Haus einzudringen und dir das Essen vom Teller zu stehlen. Begreifst du jetzt, weshalb ich Palermo verließ und darauf bestehe, hier auf meinen Ländereien zu leben? Es gibt keinen Feldhüter, keinen Aufseher oder verläßlichen Mann, der die Gegenwart des Herrn ersetzen kann. Wir leben in schlimmen Zeiten der Anarchie . . . Kein Gesetz, keine Strafe, kein Urteil reicht aus, um der ständig wachsenden Zahl von Verbrechern das Handwerk zu legen. Und, zum Teufel, die hassen dich auch noch und wagen es, dich anzuspucken.« So sprach Don Galvano und lief dabei im Gesicht ganz rot an. »Sie werden es schon noch begreifen, all die Herren und Damen«, betonte er wütend, »die es sich jetzt in Palermo wohl sein lassen! Wenn sie dann noch Augen haben, um zu weinen.«

Wumm! Klack! Weißes Licht eines Blitzes und sofort darauf Rot, in dem man nichts mehr sieht. Geschmack von Salz, Aloe und Pottasche, Geruch von Waffenröcken, die in Kasernen gelagert haben, Schrecken und Verwirrung, neuerliche Erschütterung und Wut, die von den Nerven und Venen aufsteigen und Schmerz und Angst vernichten.

»Nein! Warum denn? Warum denn?« schreit der in einen Winkel bei der Villa dei Papiri Gedrängte und fuchtelt mit den Armen gegen die Schläger, die unversehens mit einer Waffe, mit Knien und Händen auf Stirn, Bauch und Nase losprügelten. Auf sein Schreien hin tauchen aus den Schächten einige Arbeiter empor, andere hören zu schaufeln auf.

»Stinktier! Saukerl! Drecksfresse!« rufen die beiden Schergen, während sie auf ihn einschlagen. Und der Polizeihund,
den eine Kette zurückhielt, bleckte heulend die Zähne,
schüttelte sein Stachelhalsband, kratzte mit den Pfoten die
Erde auf.

Sie legten ihm Handschellen an. Unter dem blauen Himmel
zwischen Resína und dem Meer, mitten im Weiß des
Marmors, dem Rot der Ziegel und dem Grün der Seepinien
fühlte er, wie seine Beine nachgaben, sein Bewußtsein sich
verdunkelte und schwand.

»Sie kennen wir! Sie haben vergangenes Jahr in Ihrem Haus
gefährlichen Burschen Obdach gewährt, die Aufruhr und
Revolte gegen die Heilige Majestät und die Allerhöchste
Ordnung anzettelten. 1848 waren Sie Abgeordneter unter
Roger VII., der sich jetzt in Malta verborgen hält, Präsident
einer Marionettenregierung, und niemals haben Sie Ihrem
Glauben an den Umsturz abgeschworen. Mandralisca, das
ist nur die Hauptsache«, sagte Kommissar Condò in San
Ferdinando, während er in seinen Papieren blätterte. »Ge-
stehen Sie: Wozu sind Sie in die Hauptstadt gekommen?«

»Um die Ausgrabungen in Herkulanum zu besichtigen . . .«

»Sie täten besser daran, sich um das Grab zu kümmern, das
Sie sich unter Ihren Füßen schaufeln. Memento, memento,
erinnern Sie sich an Spinuzza und Bentivegna. Will's der
Zufall: Wissen Sie etwas von der Explosion der *Carlo III*
oder des Pulvermagazins?«

»Ich bin zur Besichtigung . . .«

»Schluß damit! Wir wissen Bescheid. Danken Sie Ihrem
Schicksal und dem Wohlwollen des Ministers für sizilianische Angelegenheiten, des Cavaliere Cassisi. Was haben Sie
ihm wohl für einen Gefallen getan? Sie oder Ihre Gattin?«

Er sprang auf und gefesselt, wie er war, versuchte er, sich auf
sie zu stürzen, doch die flinken Schläger hinter seinem
Rücken packten ihn grinsend und drückten ihn auf seinen
Stuhl zurück.

»Sie werden unverzüglich in Handschellen an Ihren Heimatort verbracht, mit der Auflage, sich zwei Jahre lang nicht von dort zu entfernen«, erklärte Condò, während er schrieb. Sprach's, schloß die Akte, legte die Hand darauf und befahl seinen Schergen, ihn abzuführen.

Maniforti redete und redete, und ohne ihm zuzuhören, begann Mandralisca, das Gesicht dieses Mannes zu studieren. Er war rot vor blinder Wut, mit geschwollenen Halsadern, zitternden Lippen, wässerigen Augen, und mit seiner Peitsche schlug er nervös gegen seinen Stiefel (ein robuster, aber eleganter Ochsenziemer, mit Griff und Schlaufe aus rotem Maroquin, am unteren Ende aus blinkendem Eisen wie die Spitze eines Schwerts).
Mandralisca beobachtete den Mann mit der wachen Aufmerksamkeit und geistigen Konzentration, mit denen er durch das von Neer und Blunt gebaute Mikroskop die seltensten und ausgefallensten Familien und Arten der Muscheln und Schnecken betrachtete. Zerrissen, aufgelöst, verflüchtigt hatte sich der dichte Schleier, der Vorhang aus jahrelangen Verkrustungen – wie Flechten auf Steinen –, der aus alter Bekanntschaft, Kameradschaft, Vertrautheit und vielleicht auch aus Zuneigung entstanden war. Er hatte das Gefühl, als bekäme er ihn plötzlich in den Brennpunkt und sähe ihn zum ersten Mal richtig. Objektiv. Und mit einemmal überkam ihn ein Gefühl der Fremdheit und Ferne, schließlich fühlte er sich dermaßen abgestoßen, daß sein eben noch so objektives, kaltes und abgeklärtes Auge sich wie der aufgerührte Grund eines Tümpels verfinsterte.

Die Turmuhr der Schloßkirche schlug viertel nach vier, und Mandralisca, der sofort hellwach war, sprang aus dem Bett. Auf dem Nachttisch warf die Stearinkerze, die fast heruntergebrannt war, ihren zuckenden rauchigen Schein auf den Einband des Buches »Von den Heilmitteln gegen die Schädlichkeit der Luft in vielen Gegenden Siziliens« von Giulio Carapetta, auf seine Taschenuhr und den Zwicker daneben.

Er öffnete die Balkontür zum Meer hinaus und trat auf die kleine Terrasse. Auf der Schwelle schlug ihm der widrig süße Duft des Stechapfels entgegen, als er aber ans Geländer trat, atmete er tief die leichte, reine Morgenluft ein. Wie das Schnarchen eines Menschen vernahm man das Schnaufen eines alten Uhus, der sich in irgendeinem Loch des Turms verborgen hatte. Auch vom Ufer vernahm man Laute von den Booten, das Plätschern der Ruder, das Auswerfen der Taue, das Auflegen der Laufplanken, all das Getriebe bei der morgendlichen Rückkehr vom Fischfang. Über dem Horizont schwebte bleich die morgendliche Mondsichel, in deren fahlem opalisierendem Schein Mandralisca die großen Augen, die Sirenen, Madonnen, roten und gelben Streifen, Dreiecke und Rhomben auf dem Bug und den Seiten der Boote erkannte. Die Körbe mit den Fischen gingen von Hand zu Hand, die schweigsamen Fischer hängten die Taue an die Luft, legten den Baum aus und breiteten das Fangnetz auf dem Kies aus.

»Was für ein trauriges Ritual, wie ein Leichenbegängnis«, sagte Mandralisca.

Er kehrte in sein Zimmer zurück, durchquerte es und öffnete das Fenster zum Hof, der noch dunkel durch sein dichtes Grün und in Schweigen gehüllt war. Eine fahlrote Rose entfaltete sich im Osten über der Regenrinne der Kirche. Kurz darauf hörte er den Hufschlag der Pferde auf dem Kies. Als er hinunterkam, fand er Sasà und Matafú schon neben der Kutsche bereitstehen und miteinander plaudern. Inzwischen war es hell.

»Wünsche, wohl geruht zu haben, Exzellenz«, sagten die beiden zugleich.

»Auf geht's!« erklärte Mandralisca fröhlich.

»Eua davant, vaint darrier e la mart arba chi v'arcuogghi tucc! (Regen von vorn, Wind von hinten und ein plötzlicher Tod soll euch alle treffen!)«, erscholl eine Stimme aus dem Hintergrund des Hofes.

»Wer ist denn das?« fragte Matafú.

»Der Gefangene«, antworteten Sasà und Matafú. Mandralisca wandte sich zurück, um ihn zu sehen. Er erkannte einen Schatten vor der gewölbten Mauer zwischen Ställen und Speichern, in denen sich die Krüge mit Öl befanden, die mächtigen Säcke mit Weizen und die großen Käse. Neugierig geworden ging Mandralisca auf den Mann zu.

»Nein, nein, Exzellenz«, beschwor ihn Sasà. »Das ist ein Teufel, der der Hölle entkommen ist!«

Der Mann, dessen Oberkörper und Füße nackt waren, trug an Fußknöcheln und Handgelenken Ketten, die hoch über seinem Kopf an einem der Eisenringe in der Mauer zum Anbinden der Maultiere und Pferde befestigt waren.

Als Mandralisca vor ihm erschien, lachte der Mann ihm herausfordernd und verächtlich ins Gesicht. Es war ein junger Bursche von ungefähr zwanzig Jahren, breitschultrig und hoch gewachsen, mit blauen Augen. Sein Gesicht hatte die Farbe gebrannter Ziegel, sein Haar war kraus und widerspenstig, gelb wie der Metallring, den er am rechten Ohrläppchen trug.

»Was hast du angestellt?«

»Ammazzeu n'agnieu pi li muntegni, rabba sanza patran . . . (Ich hab in den Bergen ein Lamm geschlachtet, ein herrenloses Vieh.)«

»Was meinst du?« fragte Mandralisca, der diese seltsame Sprache nicht verstand. Der Mann antwortete nicht, sondern lachte wieder. Da bemerkte Mandralisca, daß seine Schultern, Brust, Seiten und Arme von schwarzen und violetten Striemen gefurcht waren, die Haut abgeschürft und das Blut verkrustet. Ein Eccehomo, ein heiliger Sebastian (ein leuchtender parischer Marmor, ein Alabaster aus Gaggini oder Laurana), auf dessen Brust in diesem Augenblick durch ein Loch im Laubdach der goldene Regen eines Sonnenstrahls fiel.

»Wer hat denn das getan?« fragte Mandralisca, von Mitleid ergriffen.

»U principeu di mad, curnui vecch! Chi si pigghiessu i diji-

evu di Vurchien, tucc i ricch, e a carpa di maza i mazzirran!
(Der Drecksfürst, der alte Hahnrei! Daß doch die Teufel von
Vulcano alle Reichen holten und sie mit ihren Hämmern
totschlügen!)«

Mandralisca verstand von alledem nur das Wort »Fürst« und
trat instinktiv einen Schritt zurück.

»So ein Schwein!« murmelte er zwischen den zusammengebissenen Zähnen. »So ein Hundsfott!« Und vor seinem
inneren Auge sah er die feine Hand in ihrem weißen
Zwirnhandschuh, die den roten Griff der aus Ochsendärmen
geflochtenen Peitsche hielt, und das bleiche Gesicht, das
jeden Augenblick tiefrot anlief. Eine Woge der Übelkeit
überkam ihn wegen etwas an Granza, das er sich nicht genau
erklären konnte. Er schaute zu dem Gefangenen hinüber.
Der wilde Mann grinste ihn noch verächtlich an. Um sich
aus der Verlegenheit zu ziehen, nahm Mandralisca jetzt drei
Silberstücke aus seiner Westentasche und trat auf den Mann
zu, um sie ihm zu geben.

»Va', va', pri sant'Arfin!« schrie der, wand sich und
versuchte zu treten. »Firrijia, vaa, curnui cam tucc! Jiea
suogn zappuner, sanfrarideu, ni bahiescia au dimuosinant!
(Mach dich fort, beim heiligen Alfio, fort mit dir, geh, du
Hahnrei wie alle anderen! Ich bin ein Landarbeiter aus San
Frediano und weder Hure noch Bettler!)«

Mandralisca wandte ihm den Rücken und kehrte rasch zum
Wagen zurück.

»Fort, fort«, befahl er, während er einstieg, »abfahren, los!«

»Hüh«, rief Matafú und knallte mit der Peitsche.

Ehe der Wagen durch das Tor des Kastells fuhr, drehte sich
Mandralisca noch ein letztes Mal um und sah den Mann
durch die Scheibe des Rückfensters, an die Mauer gefesselt.

»Wo ist der denn her?« fragte Mandralisca den Matafú und
beugte sich dabei zum Kutschbock vor, als sie in das Vallon
di Posta gekommen waren.

»Wer, Exzellenz?«

»Der Gefangene.«

»Ach so, der Mann aus San Fratello, Gott schütze uns vor ihm. Das sind schlimme Leute, anders als wir und seltsam. Und sprechen eine wunderliche fremde Sprache.«

Da erinnerte sich Mandralisca, daß San Fratello eines der lombardischen Dörfer im Val Dèmone war, wie Piazza Aidone, Noara, Sperlinga und Nicosia... Apollonia für den Byzantiner Stefano, *plesion Alontinon kai tes Kales Aktes*, San Marco und Caronia, das zu *Dimnasc, Demenna, Dèmona, dem Gebiet von Dèmone* geworden war (im Kastell eingeschlossen, molken die Bewohner der Stadt die Mütter, machten Weißkäse und ließen ihn an Seilen zu den Belagerern hinunter, um ihnen ihren Überfluß zu zeigen; oh, ihr verschlagenen Burschen von San Fratello, von Sant' Alfio und Filadelfio, Söhne von Zuwanderern, fahrenden Leuten, Horden aus der Emilia und Lombardei im Solde von Roger und Adelasia – in Fragalà hinterließ der Heerführer aufgrund eines Gelübdes seine Standarte – ihr Juden im Passionsspiel, ihr Waldmenschen von einer eigenartigen Intelligenz, purpurfarbene Waldschrate, schwefelfarbene und weinrote Engel, die zum Klang goldener Trompeten und zu Kettengerassel umherspringen: Wer, um Himmels willen, wer versteht euch auf eurer Insel einer romanischen Sprache, die gallische und teutonische Kehlen passiert hat, einer archaischen Volkssprache, eines noch nicht vollkommen verdorbenen Dialekts?).

Mandralisca lehnte sich tief in den Fonds des Wagens zurück und zog die Decke, die auf seinen Beinen lag, bis zur Brust herauf, kuschelte sich in die Ecke und überließ sich seiner Einsamkeit und Verwirrung.

Sie kamen durch Terreforti, Orecchiazzi, Astasi und über den Monte Scurzi. In den luftigen Kehren, unter denen die Felswände senkrecht zu dem von beiden Seiten eingeengten Bett des Rosmarino-Flusses abstürzten (auf seinem Kiesufer sah man die Reihe der Steinträgerinnen mit Körben auf ihren Köpfen), stieß Sasà spitze Angstschreie aus, während sich

Matafú damit vergnügte, mit der Peitsche zu knallen und die beiden Pferde noch rascher anzutreiben.

»Das da drüben ist San Marco d'Alunzio«, erklärte Matafú dem Sasà und zeigte auf die Ortschaft jenseits des Tals, die mit ihren hundert Kirchen und Klöstern uneinnehmbar auf dem Gipfel einer Anhöhe lag. »Und dort unten liegt Torrenova, dann kommt die Ebene und ganz weit dort hinten Capo d'Orlando.«

»Oh, wie schön, oh, wie schön«, entfuhr es Sasà angesichts dieses Blicks über Höhen, Täler und Ebenen bis zur Meeresküste, der sich vor ihren Augen auftat.

Capu D'Orlannu e Munti Piddirinu
Biati l'occhi chi vi vidrannu
(Capo d'Orlando und Monte Pellegrin
Glücklich die Augen, die einst euch sehn)

zitierte Matafú stolz. Das veranlaßte den Diener des Barons, den Kutscher, der noch nie gereist war und außer Wäldern, Feldern, alten, halbzerfallenen Dörfern noch nichts gesehen hatte, darauf hinzuweisen, daß der große Felsen über der großen Stadt Cefalù dem Monte Pellegrino und dem kümmerlichen Zwerghügelchen, das den Namen eines Marionettenpaladins trug, in nichts nachstand, ganz im Gegenteil.

»Jetzt aber Schluß mit diesem dummen Zeug«, erklärte Sasà aus Cefalù abschließend, kreuzte die Arme über der Brust und reckte in verletztem Stolz sein Kinn in die Höhe.

Mandralisca konnte das Geschwätz, das vom Kutschbock zu ihm in den Wagen drang, kaum mehr ertragen, weder die hohlklingende verschleimte Stimme des Kutschers noch die scharfe und schrille von Rosario Guercio, seinem Lakai.

Doch schließlich erreichten sie Militello. Sie fuhren zur Post hinter der Kirche Mariä Verkündigung, um die Pferde zu wechseln.

»Wollen Exzellenz aussteigen, etwas essen, sich die Füße ein bißchen vertreten?« fragte Sasà seinen Herrn und streckte seinen dicken Kopf durch das Wagenfenster hinein.

»Geh, geh, Sasà, geh du zusammen mit dem Kutscher«,

antwortete Mandralisca verdrossen, legte Sasà eine Münze auf die flache Hand und wedelte dann mit den Fingern vor dessen Nase herum, um ihm zu bedeuten, er solle es nicht wagen, ihn weiterhin zu belästigen.

Er war deprimiert, von düsterster Laune. Und dabei blieb er in all der Zeit, die sie brauchten, um über Santa Maria, Montarolo und den Trappeto di Rantú bis zur Rosenkranz-kirche zu kommen, dem ersten Gotteshaus, auf das man in Alcàra stößt.

Er raffte sich zusammen, versuchte aufzustehen, ein bißchen Freude und Befriedigung darüber vorzutäuschen, daß er endlich angekommen war und den Baron Manca traf, seinen hiesigen Gastgeber, den er noch nie im Leben gesehen hatte und nur aus ihrer Korrespondenz kannte. Seine alte Besessenheit, sein zäher Forschungsdrang, seine vieljährige Passion für die Schnecken, sein Stolz, sein Ehrgeiz, eines – baldigen – Tages im ganzen Königreich und darüber hinaus als Gelehrter zu gelten, veranlaßten Mandralisca, seine Lippen zu einem Lächeln zu öffnen, als Sasà ihm den Schlag aufriß und er flink und leicht mit den Füßen die Steinplatten der Piazza San Nicolò Politi in der Mitte des Ortes betrat. Der ganze Platz lag hell in der Sonne, und alles war mit der Vorbereitung eines Festes beschäftigt. Die Bauern hängten Transparente, Fahnen, Lampions, Standarten, Bildteppiche, Girlanden, Buketts, Seidenbänder und Schleifen auf, hielten aber alle inne, um den Wagen und die drei Fremden zu bestaunen, die damit von wer weiß woher gekommen waren.

Die Glocken der Hauptkirche läuteten den Mittag der Vigil ein. Mandralisca schaute sich um, kniff dabei wegen des hellen Lichts nach dem Halbdunkel im Wagen die Augen zusammen und sah, wie aus einer Straße an der Spitze eines Fähnleins von Knechten und Feldhütern ein Mann auf dem Platz auftauchte, auf zwei krummen Beinen hüpfend, rund wie ein Faß, mit ausgebreiteten Armen und über sein ganzes speckig glänzendes Gesicht lächelnd.

Wie unerfreulich sind wir doch, was für eine häßliche Rasse, dachte Mandralisca bei sich, während er dem Baron Manca lächelnd entgegenging.

Fünftes Kapitel
Die Vesper

Alcàra Li Fusi, den 16. Mai 1860.

Peppe Sirna arbeitete auf dem Sollazzo Verde des Barons Manca. Ganz in seine Arbeit vertieft. Hechelnd schlug er seit dem Morgengrauen mit seiner Hacke, Schlag auf Schlag, auf die harte Kruste dieses steinigen Erdreichs auf dem Rücken des abfallenden Hügels ein, mit trockenem Brot und Wasser als einziger Stärkung am Mittag. Tief gebeugt. Hemd, Weste und das Tuch um seinen Hals tropfnaß von der Maiensonne, die ihm noch auf den Rücken brannte. Verbissen und leidenschaftlich machte er weiter, immer in der Hoffnung, daß diese paar Erdschollen bald, vielleicht schon morgen, wer weiß . . . Und er dachte an nichts anderes als an diese uralte und längst vertraute Idee, um derentwillen er bei seiner Arbeit in dumpfe Selbstvergessenheit geriet. Und er war sich nicht mehr klar darüber, daß er ein Mensch war, Giuseppe Sirna Papa, geboren in Alcàra, sechsundzwanzig Jahre alt, Tagelöhner, Sohn des Giuseppe, Ehemann der Serafina . . . Und er vergaß Ort, Stunde und Jahreszeit. Nur das Knirschen der Hacke auf Erde und Steinen, und er wie gebannt hintendrein, hechelnd wie ein blinder Esel, wenn die Eimer des Schöpfrads quietschen.

Aber plötzlich fiel ihm die Hacke aus den Händen, er glitt auf die Knie und sank mit dem Gesicht auf die Erde. Er keuchte, konnte gerade noch »Mama« sagen und erbrach sich dann. Er wischte sich seine Wieselschnauze ab, drehte sich auf den Rücken und breitete seine Arme aus. Beim Anblick des hohen Himmels, den der Sonnenuntergang flammendrot färbte, blinzelte er. Dann schloß er die Augen und preßte die Hand auf sein Herz, das in seiner Brust wie ein Fohlen galoppierte. Er setzte sich auf, legte die Arme um die Beine und ließ den Kopf auf die Knie fallen.

Und als er so bewegungslos dasaß, drang es wie eine Welle von Klängen an sein Ohr, die nicht sehr deutlich waren und doch etwas Fröhliches hatten. Er hörte aufmerksam zu und erkannte fernes festliches Geläut; und nach einem Weilchen nahm er auch das Echo des Berges wahr, das hin und wieder den Wohlklang leise wiederholte und sich mit ihm vermischte. Und kurz darauf hörte er aus größerer Nähe ebenfalls ein festliches Geläut; und dann noch eines. Durch die Abendluft klingt von den Glocken des Dorfes der demütige Gruß, von der Hauptkirche Mariä Verkündigung, von Sankt Michael, die Schluchten hinauf bis zu den Gipfeln der Berge, rollt dann von Hang zu Hang bis in die Täler hinab, breitet sich über die Ebene ringsum aus, über Bauerngärten, Wiesen, Ernten, Wälder und Brachland, bebend durch die klare Luft von leuchtendem Karminrot. Es antworten die Kirchen auf dem Land, von der Einsiedelei, vom Rogato. Feiertäglich. Für Christi Himmelfahrt am morgigen Tag, dem 17. Mai. Die armen Dörfler ziehen die Mütze und entblößen ihren Kopf, Vornehme und Feldhüter neigen die Stirne. Getragene Flötenmelodie, dunkles Murmeln von Maultrommeln, fröhliches Schellengeläut zieht unsichtbar zwischen Himmel und Erde dahin. Wie ein Klümpchen Honig, wie ein Strang Seide löst sich die Qual der Arbeit, und nachdenkliche Seufzer, Ziehen in der Brust, das würgt und drückt, bis die Tränen kommen. Alles hält inne, verharrt in Erwartung: die Boote auf dem Meer mit seinen gelben und orangefarbenen Kreisen, Strahlen und Sporen, das Boot mit den weißen Schafen, deren Köpfe sanft bis zur Oberfläche des Wassers hinabhängen, der in Gedanken verlorene Ruderer, die Mutter, die den erstaunten Säugling innig an sich drückt. Und ebenso die Männer in ihren Hosen, steif wie Karton, und die Frauen in ihren langen Röcken mit den hölzernen Falten, Tiere, Forken, die schräg in die Erde gestoßen sind, Taschen mit Kartoffeln und Kohl, Schubkarren, Spaten und Hacken.

Bei der Hacke, die verlassen auf den Schollen von Sollazzo Verde lag, war der Griff von Erbrochenem beschmutzt. Peppe ergriff sie, rieb sie erst an der Erde, dann an trockenen Grasbüscheln ab. Nach Santa Marecúma, schoß es ihm auf einmal durch den Sinn. »Nach Santa Marecúma, verflixt noch mal«, sagte er und schüttelte sich plötzlich. Und eilig, flink, entschlossen, als sei er von etwas, das er für rechtens hielt, gegen das sich aber bis vor kurzem Zweifel erhoben, jetzt tiefer überzeugt, gänzlich überwältigt, goß er sich den Rest des frischen Wassers aus der Feldflasche in die Hände und bespritzte damit sein Gesicht. Er raffte Sack, Sichel und Hacke zusammen und hüpfte den steilen Pfad bergab.

Die Berge zeichneten sich in ihrer Masse dunkelblau gegen den klaren Himmel in seinem Karfreitagsviolett ab. Noch waren die blutroten Rippen der Felsen, die schmal abwärts laufenden Adern der Sturzbäche zu erkennen, die sich in der Tiefe nahe den Flüssen verbreiterten; zu Füßen neben sich nur das bebende Laub, das Silbergrau der Olivenbäume und da und dort auf der Ebene das leuchtende Feuer von Klee und Mohnblumen, das Gelb des Korns und das zitternde Blau des Flachses. Und man erkannte die geschlängelten Pfade, die Wege und Viehtriebe. Und die Bauern, die in Gruppen mit ihren Eseln und Ziegen nach Hause wanderten, Hirten und Tagelöhner, die von fern gelegenen Gütern zurückkehrten, von Comune, Mangalavite, Scavioli, Bacco, Lémina und Murà. In Feststimmung kamen sie herunter, strebten alle der Tiefe zu, der verborgenen Senke von Santa Marecúma entgegen.

Peppe geriet auf den Schmiedeplatz, wo die Masse seiner Gefährten sich zu zweit und zu dritt, in Gruppen an Baumstämme lehnten oder im Gras lagen. Sie sprachen mit lauter Stimme, mit heftigen, raschen Gesten und Schulterklopfen. Drohungen und Beschimpfungen waren zu hören. Es wurde ausgespuckt, grimassiert und wie die Türken geflucht. Alles gegen Abwesende, die sehr fern waren.

»He Peppe, Peppe Sirna«, hörte er rufen. Das war Nino

Carcagnintra neben Cola Vinci, Michele Patroniti, Santo Misterio, Cola Quagliata, Turi Tanticchia und Peppe Tramontana, Kameraden bei der Arbeit und beim Trunk.

»He«, rief Peppe zurück und trat auf die Gruppe zu.

»Und was soll dieses schlechte Aussehen, dieses leichenblasse Gesicht, Peppe?« fragte Quagliata.

»Nichts.«

»Schiß, Angst, Arschflattern?«

»Hoho«, erwiderte Peppe, »sprach der Brigant Testalonga. Ich habe mich überanstrengt und dort drüben in Sollazzo Verde gekotzt.«

»Mut, Sirna, mit der Schufterei ist es nun vorbei«, redete ihm Misterio zu.

»Morgen bekommst du wieder Farbe«, fügte Tramontana hinzu.

»Rot wie Most«, ergänzte Quagliata.

»Rot«, riefen alle und brachen in lautes Gelächter aus.

Und hinter ihrem Rücken lachten andere. Ebenfalls lachend wandte Peppe sich um: Es waren viele, vierzig, fünfzig? Alles Genossen, Bekannte, die einen still und stumm, mit über der Brust verschränkten Armen, ernst, die anderen fröhlich, erregt und auf ihren in Lumpen gehüllten Füßen umherspringend. Plötzlich tauchten aus dem Eichendickicht drei Reiter auf. Vor der Wand der Schmiede hielten sie inne. In der Mitte Don Ignazio und ihm zur Seite Don Nicolò Vincenzo Lanza und Turi Malandro Fragapane, erstere Bürger, der dritte das Oberhaupt der Tagelöhner.

Langsam verstummten die Stimmen, und in der ganzen Versammlung wurde es still.

Don Ignazio ergriff das Wort.

»Männer von Alcàra, Mitbürger, Freunde. Aus ist es mit dem Zögern und Zaudern! Die Stunde der Befreiung hat geschlagen. Der General Garibaldi ist in Alcamo eingetroffen, einem Dorf vor den Toren von Palermo. Endlich wurde der feige Bourbone von dieser heiligen Erde vertrieben. Unser ist die Pflicht, mit unseren Händen an den hiesigen

Feinden Gerechtigkeit zu üben. Derartige Taten werden schon in jedem Dorf und auf jedem Gutshof Siziliens vorbereitet. Es gibt nur gemeinsamen Jubel, gemeinsames Handeln, den entschlossenen Willen, den Tyrannen zu Fall zu bringen. Gott, der heilige Nikolaus, Garibaldi und Vittorio Emanuele sind mit uns. Auf denn, zu den Waffen! Weder Mitleid noch Feigheit soll unseren Armen Einhalt gebieten. Leute von Alcàra, groß ist jahrelang unsere Geduld gewesen, groß ist unsere Wut, groß sei morgen unser Mut!«

Don Nicolò Vincenzo Lanza, blond, dürr und groß, nickte zustimmend zu jedem Wort und hob und senkte dabei wie sein Reittier den Kopf.

Turi Malandro hielt den seinen hoch erhoben, regte sich nicht und sah, die Mütze in die Stirn hinabgezogen, allen, einem nach dem anderen, tief in die Augen. Dabei hielt er die eine Hand am Riemen seines Gewehrs und umschloß mit der anderen fest die Zügel seines Maultiers.

»Morgen«, fuhr Don Ignazio fort, »wird unter dem Vorwand des Feiertags ein Fähnlein von euch bei Trommelschlag und mit flatternder italienischer Trikolore durch den Ort ziehen. Die Bürger werden aufgefordert, ihre Häuser zu verlassen und sich auf dem Platz zu versammeln, um, so wird man ihnen sagen (es ist ohnehin nur eine Sache von Stunden) die Einnahme Palermos durch den General Garibaldi zu feiern. Jeder von euch wird sich auf dem Platz vor dem Kasino einfinden, und sobald Malandro ›Viva l'Italia‹ (das ist das festgesetzte Losungswort) ruft, stürzt er sich auf den Bürger, der gerade vor ihm steht. Dann . . . macht, was ihr wollt . . . Was anderes sage ich euch nicht. Nur noch ein Letztes. Heute nacht, pünktlich um Mitternacht, trifft sich alles in der Rosenkranzkirche. Dort werden wir drei sein und der Pfarrer, Don Saccone. Vor diesem Diener Gottes wird jeder von uns einen heiligen Eid auf das Evangelium ablegen. Leute von Alcàra, also bis heute nacht. Jetzt wird Turi Malandro zu Euch sprechen.«

Turi rührte sich nicht. Reglos, wie er war, bewegte er seine Lippen und sagte mit ernster Stimme:

»Ich sage, das Losungswort wird ›Gerechtigkeit‹ heißen und nicht ›Viva l'Italia‹. Habt Ihr verstanden? ›Gerechtigkeit‹ wird Turi Malandro rufen. Ich will euch sagen, die erste Geste, das erste Halsabschneiden, zu dem den einen die Wut drängt, ist die einfachste Sache von der Welt. Das kann selbst eine Frau tun. Erst nachher geht's richtig los. Denn nachher könnten Blut, Schreie, Tränen, Erbarmen, Versprechungen und flehentliche Bitten das mutigste Herz feige werden lassen. Ich warne euch: Wenn einer, nur ein einziger sich von Mitleid oder Angst überwältigen läßt, dann bringt er die ganze Revolution damit um ihren Erfolg. Darum: Wenn einer in aller Aufrichtigkeit glaubt, daß es ihm so ergehen könne, dann sage er es sofort, solange noch Zeit dazu ist. Mut, Jungs, das ist keine Schande.«

Alle blieben stumm.

»Um so besser«, sagte Malandro und fuhr fort: »Und schließlich noch ein strittiger Punkt. Strittig ist Don Ignazio Cozzos Vorschlag wegen des Eides. Aus drei Gründen: Die Kirche ist für uns nicht das Richtige. Der Geistliche ist uns fremd, von anderer Rasse. Das Evangelium können wir nicht lesen. Ich schlage vor: Wir legen den Eid hier stehenden Fußes ab.«

Und er verstummte.

Don Ignazio entgegnete:

»Gegen die Losung ›Gerechtigkeit‹ ist nichts einzuwenden. Italien oder Gerechtigkeit sind ein und dasselbe, bloße Worte. Sie taugen für das, was sie verheimlichen: das Signal. Bleiben wir also bei Gerechtigkeit. Was den frühen und den späteren Mut angeht, bin ich mit Malandro einer Meinung. Und es freut mich, daß alle sich darin einig sind, entschlossen, nicht zurückzuweichen. Kommen wir also zum dritten Punkt . . . Don Nicolò!« unterbrach er sich in giftigem Ton und wandte sich Lanza zu, der neben ihm stand. »Was soll denn diese Scheiße? Hört endlich damit auf, den Kopf zu heben und zu senken, es wird mir schon ganz übel davon!« Die Versammlung brach in schallendes Gelächter aus. Don Nicolò Vincenzo lief im Gesicht blaurot an, zog die Schultern ein und machte sich auf dem Rücken seines Pferdes so klein, wie er nur konnte.

»Kommen wir zum dritten Punkt, sagte ich«, begann Don Ignazio wieder, »zum Eid. Liebe Nachbarn, niemand will euch die Sakramente, Weihwasser, die Hostie oder die letzte Ölung reichen ...«, und er hob die Hand, machte das Zeichen der Hörner zu einer beschwörenden Geste. »Das ist kein Scherz. Habt ihr mich je als Frömmler kennengelernt? Oder etwa Don Nicolò Vincenzo, der hier zugegen ist? Es ist doch so ... Wir sind ein bißchen, wie soll ich es nennen? von Kultur beleckt, wir lesen die Zeitungen und wurden deshalb Liberale. Doch was bedeutet das? Was bedeutet das? Es bedeutet, daß wir gegen den Bourbonen und seine Knechte sind, aber auch gegen die Kirche, die die Unterdrückung und die Tyrannen beschützt. Was schließlich die Priester angeht, so versichere ich euch, daß sie nicht alle gleich sind. Ihr kennt den Erzpriester Adorno, Pater Morelli von San Pantaleo, Pater Artale von San Michele, die Mönche im Kloster, alles Freunde und Verbündete der Usurpatoren. Doch mit Pater Saccone von der Rosenkranzkirche, das versichere ich euch, liegen die Dinge ganz anders. Vor allem ist seine Pfarre arm. Sie hat keinen Grundbesitz und keine Einkünfte daraus wie San Pantaleo und die Hauptkirche. Und, unter uns gesagt, auch Pater Saccone ist ein Liberaler. Und dann ... ist er Verwandter von Verwandten eines Hauptmanns im Gefolge Garibaldis. Und wer ist es, wer, der uns all diese Nachrichten gibt, daß Garibaldis Leute schon bei Alcamo und morgen, hoffen wir es, bei Palermo stehen? Soll ich euch etwas sagen? Wenn wir uns nicht unter den Schutz dieser Militärs und Liberalen stellen, wer wird dann morgen vor der ganzen Welt bestätigen, daß wir recht getan haben? Ihr versteht mich doch, nicht wahr? Nun hat Pater Saccone diese fixe Idee des feierlichen Eides. Er sagt, so sei es seit Menschengedenken stets gewesen, daß die, welche in der Geschichte mutige Taten begingen, ihren Pakt mit einem heiligen Eid auf das Evangelium beschworen: die Mörder Cäsars, die Kreuzfahrer, die Paladine von Frankreich, die Sizilianische Vesper, die Schlacht von Legnano, der Schwur von Pontida, die Herausforderung von Barletta . . . Pater Saccone ist ein gelehrter Mann und weiß das alles. Also? Und wir? Verehren wir nicht etwa alle den heiligen Nikolaus? Und was hält der heilige Nikolaus in den Händen? Ein Buch, das Evangelium. Um anzufangen, gehört Ihr, Malandro, nicht zu denen, die seine Statue am Patronatsfest tragen? Und Ihr und Ihr«, sagte Don Ignazio und zeigte mit dem Finger auf jeden einzelnen.

»Der heilige Nikolaus ist etwas anderes«, murmelte Turi Malandro.

»Auf, Freunde, wir wollen diesem Unsinn doch nicht zuviel Gewicht beimessen. Pater Saccone verlangt den Eid aufs Evangelium? Sei's drum. Was kostet uns das schon? Dazu kommt, daß auch unsere Frauen, wenn sie hören, daß ein Priester dabei ist, von der Sache eher zu überzeugen sind. Und laßt uns auch an das Nachher denken. Leute von Alcàra antwortet also: Wollt ihr den Eid aufs Evangelium?«

»Ja«, antwortete die Versammlung im Chor.

»Es lebe der heilige Nikolaus. Also bis heute nacht in der Rosenkranzkirche.«

Turi Malandro zog seine Mütze noch tiefer über die Augen, griff heftig in die Zügel seines Maultiers, das sich um sich selbst drehte, allen den Hintern zuwandte und sich auf den Weg nach dem Dorf machte. Auch die beiden Pferde von Don Ignazio und Don Nicolò Vincenzo setzten sich in Trab.

Hirten und Tagelöhne begannen wieder, zu reden und zu rufen, in Gruppen zu dritt, zu viert, zu fünft, und dann wandten sie sich, einer früher, der andere später, rechts und links der Tiefe zu, um ins Dorf zurückzukehren.

Peppe Sirna mit seiner schweren Hacke über der Schulter tat

sich mit Bellicchia, Vinci, Quagliata, Misterio, Tanticchia und Tramontana zusammen. Schweigend gingen sie einer hinter dem anderen den Pfad hinunter und machten dabei Sprünge wie die drei Ziegen von Tanticchia, die hin und wieder vom Weg auf eine Felsspitze abwichen, um dort eilig wie Diebinnen, zitternd und wachsam, ein bißchen Laub abzurupfen, und dann sofort wieder herabkamen, um an Bohnenblättern zu knabbern, die aus der Hecke hervorstanden. Und der Bock folgte ihnen.

»Bruhunci«, rief Misterio, »Rossa, Signorina, he, du Hurenmensch«, und lief wie verrückt hinter ihnen her.

Carcagnintra murmelte vor sich hin und hielt, wer weiß wem, eine Rede mit Handbewegungen und seltsamen abgehackten Wörtern, von denen nur sein Fluchen und immer wieder das Wort »Schwein« deutlich zu verstehen waren.

Quagliato summte hin und wieder wie einen Singsang vor sich hin: »Meine kleinen Ferkel in ihrem Pfuhl sind hungrig wie die Wölfe, denn es ist schon vier Tage, das sie keine Kleie kriegen.« Und dabei lachte er, wackelte mit dem Kopf und grinste vielsagend.

Santo Misterio, der für seine improvisierten Lieder und Serenaden weit und breit bekannt war, begann zu singen:

Zu den Waffen, zu den Waffen, läutet die Glocke.
Die Türken sind schon am Strand gelandet . . .
Bereitet die Dolche, bereitet die Messer,
Gewehre und Kugeln, Flinten und Schrot . . .
– Es lebe die Freiheit! Heraus mit euch allen!
Den Häschern brennen wir eins auf den Pelz! . . .
– Heraus, ihr Burschen, mit eurer Klinge,
mit dem großen Messer, Schreckliches richtet es an:
Nach Freiheit lechzen hier alle Leute.
Die Freiheit Siziliens, sie lebe hoch!

Überall in der Gegend brannten die Vorabendfeuer, bei der Einsiedelei, beim Rogato und bei Sant'Uffizio, auf den Graten und in den Tälern und bis unmittelbar an den Ort heran. Es waren Zeichen, Lichter, Muscheln, flackernde Herzen, die Funken entsandten.

Und sie kamen zu den Kapuzinern, zogen durch Mandrazza, über die Stella-Brücke (die Abendluft umspielte die zitternden Pappeln); auf dem Piano Abate hielten sie inne, wie es üblich war. Dort gab es einen weißen Brunnen, weiß selbst in der Nacht, der aus sieben Röhren kühles Naß in den Trog darunter spritzte, dessen Wand schön war wie eine Kirche: bauchig und ausgekehlt, mit Voluten, Zinnen, steinernen Rocaillen und Säulchen (ein Blatt mit den gelben Blüten des Feigenkaktus von der Insel Gerba lugte dahinter hervor). In ihrer Mitte breitete der gekrönte Adler Schwingen und Schwanzfedern wie einen Fächer aus. Und darunter die Maske, pausbäckig wie ein Apfel, um das Wasser auszuspeien. Sie erfrischten sich. Dann gingen sie die Straße von Donadei und an ihrem Ende, wo sich das enge Gäßchen zum Platz auftut, an der Ecke, wo das Kasino liegt, hörten sie, wie ein Bürger, der auf der Schwelle des Kasinos stand, die Daumen in den Armlöchern der Weste, den Strohhut schief auf dem Kopf, in die Luft hinaus schnuppernd, ihnen zu Schimpf und Schande äußerte:

»Ach, heute abend stinkt es aber gewaltig nach Scheiße!« Zusammen mit den Ziegen und dem Bock blieben sie stehen, und das Blut stieg ihnen zu Kopf, fragend sahen sie einander an. Carcagnintra faßte nach der Sichel, die an seinem Gürtel hing. Blitzschnell ließ Sirna seine Hacke wie auf das Kommando »Präsentiert das Gewehr!« von der Schulter vor seine Brust gleiten. Tanticchia holte die für die Ziegenschur frisch geschliffene Schere aus seinem Sack. Doch Patroniti war mit einem Satz hinter ihnen allen, breitete die Arme aus und drückte seine Brust gegen ihre Rücken, um sie zum Weitergehen zu veranlassen.

»Ruhig, Jungs, ruhig Blut«, flüsterte er leise, »wir wollen Geduld bewahren . . . bis morgen.«

Schulter an Schulter gingen sie weiter, den Blick starr nach vorn gerichtet, eine steife Schar von Statuen aus Stein oder

Papiermaché, mit schleppendem Schritt in ihrem Schuhzeug aus Lumpen und Schafsleder, mit zusammengebissenen Zähnen, vor unterdrückter Wut und überlaufender Galle hörbar durch die Nase atmend.

»Haha, Gestank von Scheiße, haha, Papa,« hörten sie in ihrem Rücken noch einmal. Das war Salvatorino, der fett wie ein Mädchen war, ein Einfaltspinsel und Muttersöhnchen, der mit fünfzehn Jahren noch immer den Finger im Mund hatte, speichel- und rotzverschmiert, der einzige Erbe, Herzblatt, Schatz und Augapfel seines Vaters, des Professors Ignazio, und seines Großvaters, des Bürgermeisters und Notars Bàrtolo.

Tanticchia wandte den Kopf zurück und schaute ihn schief an. »Schwuler Kerl und Sohn eines schwulen Analphabeten!« sagte er und spuckte auf den Boden, einen dicken weißen Fleck, der rund war wie eine Münze.

Sechstes Kapitel
Brief von Enrico Pirajno an den Rechtsanwalt
Giovanni Interdonato als Präambel
zu der Denkschrift über
die Geschehnisse in Alcàra Li Fusi

Cefalù, den 9. Oktober 1860.
Verehrter Interdonato, lieber Freund,
haben Sie die Güte, Ihre Erinnerung auf einen November-
abend des Jahres 1856 zurückzulenken, als Sie nach Ihrer
Landung in Cefalù in Begleitung eines jungen Mannes
namens Palamara – Sie kamen auf einem Segelschiff von den
Äolischen Inseln – mir die Ehre gaben, mich zu Ihrem
unwürdigen Gastgeber zu erwählen und mich zum Zeichen
Ihrer und des Apothekers Carnevale Freundschaft und
Zuneigung mit einer griechischen Terrakotta beschenkten,
die auf den Liparischen Inseln hergestellt worden war und
eine Kore darstellte. Ohne nachzudenken und zu Rhetorik
neigend, nannte ich sie auf Anhieb Italia. Damit Sie nun von
Anfang an den kennen, der es wagt, Ihnen die Zeit zu
stehlen, deren die Beschäftigungen und die Sorgen Ihrer
öffentlichen Ämter bedürfen, und damit Sie die Lektüre
dieses Briefes ohne Reue und Gewissensbisse in aller Freiheit abbrechen können, stellt sich der Verfasser dieser
Denkschrift, die er Ihrer Klugheit und Ihrem Nachdenken
zu unterbreiten bestrebt ist, als Enrico Pirajno – di Mandralisca fügt man zur besseren Identifizierung hinzu – vor. Er
bittet wegen dieser Präambel, der Weitschweifigkeit der
Denkschrift und der formalen und inhaltlichen Fehler, die
sie enthalten könnte, um Entschuldigung. Und damit Sie
nicht nur den Verfasser dieses Briefes kennen, der sich wenig
Bedeutung beimißt, sondern sofort auch dessen Gegenstand,
sollen Sie wissen, daß es sich um die grausamen Ereignisse
handelt, die sich am 17. Mai und an den folgenden Tagen
dieses Jahres in Alcàra Li Fusi in den Nebroden, im Val

Dèmone, zugetragen haben. Ihnen hat der Schreiber durch Zufall oder Schicksal leider zum Teil als Zuschauer beigewohnt. Zufall oder Schicksal ist es auch, daß er diese Geschehnisse nun der Kenntnis und der Zuständigkeit des Obersten Gerichtshofs in Messina unterbreitet, dem Sie nach Ihrem Rücktritt vom Amt des Innenministers der Diktatorischen Regierung, wie ich aus dem »Amtlichen Mitteilungsblatt« erfahre, jetzt als Staatsanwalt angehören.

Während das Urteil noch aussteht, das dieses Gericht über die Angeklagten zu fällen hat, Bauern und Hirten aus Alcàra, zum Teil in Ketten, zum Teil untergetaucht, jedenfalls aber der Erschießung von dreizehn ihrer Kameraden entkommen, die auf Urteilsspruch des Sondergerichts am 18. August dieses Jahres in Patti stattfand, soll diese Denkschrift nicht wie eine dringliche Aufforderung klingen, die Waagschalen der heiligen Gerechtigkeit sich der einen oder der anderen Seite stärker zuneigen zu lassen, vielmehr möchte sie als unabhängige, objektive und freie Erkenntnishilfe für die Beurteilung von Taten verstanden werden, deren Urheber (neben allem anderen) zum Teil das Unglück haben, nicht imstande zu sein, mündlich oder schriftlich etwas so darzulegen wie der Verfasser, Sie, Interdonato, die Ankläger, die Prozeßgegner oder die Richter, die wir über dieses Privileg verfügen. Und was ist die Geschichte bisher gewesen, verehrter Freund? Eine ununterbrochene Niederschrift von Privilegierten. Zu dieser Überlegung bin ich gekommen, nachdem ich den bekannten Ereignissen beigewohnt hatte.

So rufe ich denn das Höchste Wesen an, den Intellekt, die Vernunft oder Denjenigen, der sonst über uns walten mag, damit mein Geist nicht wanke oder sich trübe und damit mein Gedächtnis mich nicht im Stich lasse, wenn ich versuche, diese Geschehnisse so zu erzählen, wie sie sich zugetragen haben.

Und ich möchte sie so erzählen, wie sie einer der mit Musketen ausgerüsteten rebellischen Protagonisten in Patti erzählen würde, dabei denke ich nicht an Don Ignazio Cozzo, der schon zur bürgerlichen Schicht gehörte und deshalb des Lesens und Schreibens kundig war, sondern an einen analphabetischen Landarbeiter wie Peppe Sirna, genannt Papa, weil er der jüngste und argloseste war, denn gar zu zahlreich sind die Reden, Denkschriften, Artikel in Zeitungen und Broschüren, die der den Angeklagten feindlichen Seite zuneigen und es auch in Zukunft tun werden. Wird dieses Absehen von meiner eigenen Stimme und Person möglich sein, lieber Freund? Nein, nein. Denn so sehr unsere Absicht und unser Herz dazu bereit sein mögen, so nähren wir doch zu viele Laster in unserem Inneren, zu viele Deformationen, verborgene Unvollkommenheiten, die auf unserer Geburt, unserer Kultur, unserem Reichtum beruhen. Und so ist denn jede Niederschrift von uns, die wir uns aufgeklärt nennen, vielleicht noch trügerischer als die derjenigen, die ihre Privilegien und ihr Kastenhochmut blind und taub machen. Sie werden einwenden: Es gibt doch Einlassungen, aktenkundige Erklärungen und Zeugenaussagen ... Nun, wer formuliert diese Schriften, wer beugt diese Stimmen, und wer friert sie gewissen Sprachregelungen und deren Gesetzen entsprechend ein? Ein Schreiberling, ein Kopist, ein Protokollant. Dabei bedürfte es in diesem Fall eines imaginären mechanischen Geräts, das diese Aussagen, so festhielte, wie sie gemacht wurden, ähnlich der Daguerrotypie, die unser Aussehen festhält. Und doch wäre selbst dieses Vorgehen noch ungerecht, weil wir den Schlüssel nicht besitzen, der geeignet wäre, diese Aussagen zu entziffern. Und es scheint angebracht, an dieser Stelle zu berichten, wie ich im Kastell der Granza Maniforti in der Ortschaft Sant'Agata das Glück hatte, einen Gefangenen seine Argumente im Dialekt von San Fratello aussprechen zu hören, in einer wunderbaren, romanischen oder mittellateinischen Sprache, die ein ganzes Jahrtausend lang heil und unberührt geblieben ist, unverständlich für mich und für alle, soweit sie sich einer modernen Umgangssprache bedienen. Weiterhin ist zu fragen, ob wir, abgesehen von der Sprache, den Schlüssel, den Code besitzen, der uns Zugang zum Dasein, zum Fühlen und Empfinden aller dieser Menschen verschafft. Wir halten unsere Vorstellung von Lebensart, von unserer Art zu sprechen, für fraglos richtig und begründen darauf deren Herrschaft über alles andere: über die Vorstellungen von Recht auf Eigentum und Besitz, unsere politischen Vorstellungen von Zustimmung zur Freiheit und Einheit Italiens, einer Art des Heldentums wie das des Condottiere Garibaldi und aller seiner Gefolgsleute, unsere Vorstellung von Poesie und Wissenschaft, von Gerechtigkeit oder einer sublimen und sehr fernen Utopie... So sagen wir Revolution, sagen Freiheit, Gleichheit, Demokratie und füllen ganze Seiten, Zeitungen, Bücher, Gedenksteine, Pandekten, Verfassungen mit diesen Wörtern, wir, die wir diese Werte schon erworben hatten und besaßen, auch wenn wir sahen, wie sie von einem Tyrannen oder einem Kaiser, von Österreich oder von dem Bourbonen zerstört oder bedroht wurden. Und die anderen, denen die heiligsten und elementarsten Rechte, Grund und Boden, Brot, Gesundheit und Liebe, Frieden, Freude und Bildung nie zuteil geworden sind, warum – frage ich – sollen sie, die doch den größten Teil ausmachen, diese Wörter auf unsere Art verstehen? Ach, es wird die Zeit kommen, in der sie diese Werte selbst erwerben werden, und sie werden ihnen neue Namen geben, die für sie wahr klingen und zwangsläufig auch für uns, denn diese Namen werden sich ganz mit den Dingen decken.

Was hat, mein Freund, das Schreiben und Sprechen da noch für einen Sinn? Das beste, was wir tun können, ist es, Tinte, Tintenfaß und Gänsekiel fortzuwerfen und zu begraben, mit unserem Geschwätz aufzuhören und davon abzulassen, uns und die anderen mit Schneckenhäusern und Schneckenspuren zu täuschen, mit Nacktschnecken, Schnecken mit verkümmertem oder vollständig entwickeltem Gehäuse, Schmutz, der sich mit Silber tarnt, mit weißem Licht, gewundene spiralförmige Wesen, endlose Schrauben, lederharte Wolken, barocke Locken, Schleim und Speichel, glitschige Spuren . . .

Ich sah einmal eine Schnecke in Form einer Spirale ihres Weges ziehen, von außen bis zum Schlußpunkt, von dem es keinen Ausweg mehr gibt, als wolle sie auf der Erde in größerem Maßstab die Form ihres Panzers, den gewundenen Gang ihres Hauses wiederholen. Und wie ich so dasaß und ihr zuschaute, erinnerte ich mich mit Grausen aller toten Punkte, Laster, Obsessionen, Wahnideen und Zwangshandlungen, aller Schicksale, Verwesungen, Gräber, Gefängnisse . . . kurz und gut der Negationen jeden Lebens, von Flucht, Freiheit und Phantasie, von jeder ewigen, unendlichen Schöpfung . . .

Sie sind schlimmer als Raben und Schakale, die Schnecken, diese schönen hermaphroditischen Geschöpfe: Sie fürchten die Sonne, zerstören Pflanzungen und Kulturen, ernähren sich sogar von Jauche, Verwesendem, Leichenfäulnis, kriechen in tote Körper, fressen das Fleisch von den Knochen, suchen nach dem Gehirn in den Schädeln, dem wässerigen Augapfel in seiner Knochenhöhle . . ., und nicht zufällig verzehrten die Römer sie bei ihren Totenmählern . . .

Ich bekenne: Nach dem, was in Alcàra geschehen ist, habe ich meiner verrückten Idee, die auf dem Land und in den Flüssen Siziliens lebenden Weichtiere insgesamt zu studieren, Lebewohl gesagt. Ich habe Papiere, kostbare und seltene Bücher verbrannt, habe das Mikroskop von der Terrasse geworfen und die Exemplare aller Familien und Arten zertreten: ancylus, vitrina, helix, pupa, clausilia, bulinus, auricula . . . Zum Teufel, zum Teufel mit ihnen! (Was war es für eine Freude und ein Vergnügen, die Schneckenhäuser unter meinen Schuhsohlen knirschen zu hören!)

Was sonst noch, was tun, Freund Interdonato?

›Handeln, tätig werden!‹ könnte man mir entgegenhalten. Aber für wen? Mit wem? Und wie? Für Italien und das Haus Savoyen? Mit Garibaldi? Im Kampf?

Ich habe 1856 an dem gescheiterten und dann unterdrückten Aufstand in Cefalù teilgenommen. Gemeinsam mit jener Schar der Furchtlosen, mit den Botta, Guarnera, Maggio, Màranto, Sapienza, Bevilacqua habe auch ich daran teilgenommen. Das Banner trug jubelnd und freudig Ihr Giovannino Palamara. Als sie den Wachtposten überfallen und entwaffnet hatten, machten sie sich daran, Spinuzza aus seinen Ketten zu befreien ... Ich habe gesehen, wie die Botta ins Gefängnis geworfen wurden, die beiden jungen Mädchen zusammen mit ihrer verehrungswürdigen Mutter, die mit eigener Hand die Goldfäden der Hoffnung in das Fahnentuch, das Zeichen des Glaubens, gestickt hatten ... Ich habe gesehen, wie die Kugeln der Soldateska die Brust des armen Spinuzza zerrissen, der blond wie ein Manfred schwäbischer Herkunft furchtlos und stolz dastand. »Opfere dein Leben Gott auf, dann kann der Henker sich nicht rühmen, es dir genommen zu haben«, riet ihm der rabenschwarze Priester Restivo und reichte ihm das Kruzifix zum Kuß. Der Tapfere wies diesen Rat und das Zeichen der Passion zurück: »Ich opfere mein Leben für Italien«, antwortete er. Und in der Stille, die auf die Gewehrsalve folgte, ertönte herzzerreißend, als käme er nicht von einem Menschen, aus einer Balkontür über dem Platz, die plötzlich aufgerissen worden war, der Schrei eines wahnsinnig gewordenen Mädchens, der Giovanna Oddo, der Liebsten des Mannes, der soeben getötet worden war.

Damals vor den grauenhaften Bluttaten von Alcàra, von denen ich weiter unten erzählen werde, sobald ich mit dieser Präambel fertig bin, sagte ich mir noch: Das ist alles gerecht, ist alles heilig. Gerecht der Tod von Spinuzza, Bentivegna, Pisacane ... Helden, Märtyrer eines Ideals, eines noblen, glühenden Glaubens.

Heute frage ich mich: Was hat es mit diesem Glauben und mit diesem Ideal auf sich? Sie sind eine Abstraktion, eine Zerstreuung, etwas Ungefährliches, eine körperlose Blüte, ein Ornament, ein Windwirbel ... Eine Schnecke. Denn wenn man auf den Grund schaut, das heißt unter die Schnecke, dann sieht man dort erst die wirkliche materielle, ewige Erde.

Ach, die Erde! Um ihretwillen und keinesfalls wegen der Schnecken erhoben sich die Leute von Alcàra wie von anderen Orten, von Biancavalle und von Bronte.

Soll man also handeln, Interdonato? Ich nicht, ich gewiß nicht. Das einzige, was mir zu tun würdig erscheint, ist, daß ich mein Haus und mein Hab und Gut verlasse und daraus eine Schule mache, zum Unterricht für die Kinder aus dem Volk meiner Heimatstadt Cefalù. So werden sie, wie ich hoffe, ihre Geschichte, die Geschichte selbst schreiben, nicht ich oder Sie, Interdonato, oder ein besoldeter Schreiberling, die wir alle kraft unserer Geburt, unseres Ranges oder unserer Anlage bereit sind, das Papier mit Arabesken, Schlenkern, luftigen Spiralen und Labyrinthen ... mit Schnecken zu bemalen. Die Bücher, die Antikensammlung und die Bilder werden eine öffentliche Bibliothek und ein Museum bilden, in dem wie ein Juwel – Sie haben es schon erraten – das Porträt eines Unbekannten von Antonello erstrahlen wird, das Ihnen so ähnlich sieht ... Und vielleicht auch ein bißchen mir, aber auch dem Maler Bevelacqua, meinem Vetter Bordonaro, dem hiesigen Bischof Ruggiero Blundo und schließlich, und das schmerzt mich, dem früheren bourbonischen Minister Cassisi und dem Polizeidirektor Maniscalco. Wissen Sie was? Je länger ich ihn anschaute, diesen Unbekannten, hier in meinem Studierzimmer, meinem Schreibtisch gegenüber, desto besser habe ich verstanden, warum Ihre Verlobte, Catena Carnevale, ihm diesen Schnitt durch die Lippe beigebracht hat, die kaum zu einem leichten Lächeln verzogen ist. Denn dieses Lächeln ist spitz, ironisch, von höchster Intelligenz, Weisheit und Vernunft, aber zugleich auch von größter Distanziertheit und Ferne (wie einstmals Ihre materielle Ferne, auf den Meeren, in den Häfen und Hauptstädten Europas und Afrikas), von Adel, welcher der Geburt zu verdanken ist, von Reichtum, Kultur oder Macht, die ein Amt mit sich bringt.

Ich habe begriffen: Eine Schnecke, ja eine Schnecke ist auch dieses Lächeln.

Handeln, sagte ich zu Ihnen, Interdonato. Jetzt sind Sie an der Reihe, lieber Freund. Und nicht mehr für ein Ideal, sondern für eine reale, konkrete Sache. Denn durch Zufall oder Fügung befinden Sie sich in Ihrer Eigenschaft als Generalstaatsanwalt des Obersten Gerichtshofes von Messina in der Lage, über das Leben von Menschen zu urteilen, die, ja gewiß, Gewalt angewendet haben – wer könnte das bestreiten? –, die aber von schlimmerer, Jahrhunderte währender Gewaltanwendung anderer, durch Martyrien, Übervorteilung und Betrug dazu veranlaßt wurden.

Und es sei mir hier erlaubt, eine Überlegung Paganos zu zitieren: »So wirst du, Sterblicher, wenn du deine Hand und deine Kraft über die Grenzen hinausstreckst, die die Natur dir vorgezeichnet hat, wenn du dich auf eine Art der Erzeugnisse der Erde bemächtigst, daß die anderen Wesen deinesgleichen dadurch Schaden erleiden, wenn du ihnen deine Unterstützung verweigerst, dann wirst du ihren Gegenschlag zu spüren bekommen; dein Verbrechen ist Verletzung, Vergewaltigung der Ordnung; deine Strafe ist die Vernichtung.« Ein Gedanke, den Pisacane wiederaufnimmt und dem er noch hinzufügt: »Wenn die Frucht der eigenen Arbeit garantiert ist; wenn aller andere Besitz nicht nur abgeschafft, sondern von den Gesetzen wie Diebstahl unterbunden, so muß das der Schlüssel des neuen Gesellschaftsaufbaus sein. Es ist nunmehr Zeit, den feierlichen Richtspruch zu vollziehen, den die Natur durch den Mund Mario Paganos ausgesprochen hat: die Vernichtung jedes Usurpators.«

Das Eigentum, Interdonato, ist die größte, ungeheuerlichste, alles verschlingende Schnecke, die stets ihre Kreise ziehend durch die Welt gekrochen ist. Um sie zu vernichten, sind die Bauern von Alcàra aufgestanden; das heißt für etwas Wirkliches, Konkretes und Körperliches: für die Erde. Sie ist der tiefste Grund, der Nabel, ist Grab und Wiedergeburt, Tod und Leben, Winter und Frühjahr, Hades und Demeter und Kore, die mit den Gaben im Arm kommt, mit dem Ährenbündel und dem süßen Granatapfel . . .

Siebtes Kapitel
Denkschrift

Cefalù, den 15. Oktober 1860.
Ich sprach in der Präambel von einer Denkschrift über das
Geschehene, einer Erzählung aus meiner Feder, die nieder-
zuschreiben ich in all diesen Tagen immer wieder mich
bemüht habe. Selbst dem Schlaf und der Ruhe habe ich die
Stunden dafür entzogen, doch stets fiel mir die Feder wieder
aus der Hand, weil ich in mir eine Unfähigkeit entdeckte,
den richtigen Ansatz, die Stimmung, den Ton, die Worte und
die ihnen gemäße Anordnung zu treffen, um diese Ereignisse
zu behandeln. Und wie stand es mit meiner dauernd
wachsenden Verlegenheit und Scham, eine Ordnung, eine
Gestalt, die Grenzen von Zeit und Raum zu finden, die diese
Explosion, diesen Fanfarenstoß, diesen entsetzlichen Wirbel
fassen könnten? Und zudem noch die Wurzeln, die Ursachen,
das abgründige ferne Gemurmel, von dem dies seinen Anfang
nahm. Dazu kam schließlich der Widerspruch, in dem ich mich
befand, wenn ich – wie ich es getan habe – von der
Unmöglichkeit sprach, diese Dinge zu beschreiben, ohne
Verrat und Betrug zu begehen, und gleichzeitig von der
Notwendigkeit und dem dringenden Bedürfnis, es zu tun. Nur
vom Ausgang dieser Dinge zu sprechen fiel mir leicht und
schien mir erlaubt, nicht nur, weil ich ihn gesehen habe,
sondern, weil das, was auf die Revolte folgte, nachdem die
Protagonisten mehr als dreißig Tage die Freiheit besaßen, zu
schaffen und zu zerstören, zu enteignen und hinzurichten, so
daß die Leute vor Grauen aufschrien, eine Rückkehr zu
unserer eigenen Schändlichkeit in Wort und Tat darstellte.
So fiel mir die Feder aus der Hand.
Aber noch war die Nacht kaum vorüber, da erinnerte ich

mich – blitzartig – hier in meinem Schreibkabinett (vor mir das Lächeln des Unbekannten im Flackern des Lichtes schien sich aus leichter Ironie in ein bösartiges, sardonisches Grinsen zu verwandeln) an einige Papiere, auf denen ich selbst mit notarieller Treue wortwörtlich einige Kohleschriften von einer Wand abgeschrieben hatte, die wie von einem Mechanismus aufgezeichnet waren, von keiner Hand, unabhängig von jeglichem Körper und Geist. Ich meine die persönlichen Zeugnisse der Protagonisten, von denen einige später erschossen wurden. Don Ignazio Cozzo, so denke ich, Peppe Sirna, Turi Malandro, Michele Patroniti und noch andere.

Wo bin ich diesen Schriften begegnet? Und wer hatte diesen mutigen Stimmen Ausdruck gegeben, wer hatte sie auf der Mauer materialisiert?

Ich greife in die Vergangenheit zurück, um zu erklären.

Am 16. Mai begab ich mich wegen jener verhexten, verdammungswürdigen Idee der Erforschung und Katalogisierung von Schnecken als Gast des Barons Crescenzio Manca nach Alcàra, und am 17., das heißt an Christi Himmelfahrt, kam es auf dem Dorfplatz zu Vorfällen wie im Jahr 1848. Doch von einem Sendboten benachrichtigt, einem gewissen Saccone, Priester an der Rosenkranzkirche, flohen wir sofort Hals über Kopf in die Felsen hinauf zum Abhang des Calanna, um dort in der Einsiedelei des heiligen Nikolaus Zuflucht zu suchen. Sie stand unter der Obhut eines verrückten Eremiten, schwarz wie ein Ziegenbock, der uns mitten in der Nacht weckte und, während Frauen und Kinder zitterten und weinten, bedrohlich seinen Pilgerstab schwang und uns, zu Boden gestreckt, zwang, zur Buße einen Korb, einen Umhang, ein Schuhchen und eine abgeschnittene Haarflechte zu küssen, Reliquien, die nach seinem irren Gerede einer heiligen Jungfrau gehörten, die gestorben, auferstanden und dann durch Kreuzesgnade abermals gestorben war. Flehentlich mußten wir bald die Hilfe von Dämonen, bald die der Himmlischen anrufen. Erst nach rund vierzig Tagen dieses entsetzlichen Lebens, das uns um ein Haar in den Tod oder in den Wahnsinn getrieben hätte (mein Diener Sasà war zum Sklaven und Untertan des Mönchs geworden, betete ihn an und ließ sich – dieser Einfaltspinsel – von ihm geißeln, in ein Büßerhemd kleiden und den Kopf mit Erde und Exkrementen bestreuen), als die Revolte ein Ende gefunden hatte, wurden wir befreit.

Auf dem Rücken von Eseln, Stuten und Maultieren, ja sogar von Dienern, Knechten, die dem Baron ihre Treue bewahrt hatten, zogen wir gebrochen und krank – ich körperlich durch allzu große Erschöpfung, mein Lakai, weil er seinen Verstand verloren hatte – von der Einsiedelei der Bosheit des wahnsinnigen Mönchs aus Alcàra Li Fusi ohne Schwierigkeiten in das Dorf hinab.

Auf der Vignazza-Straße, die durch Serra di Re und Maniàce nach Bronte führt, waren die ersten Christenmenschen, denen wir in der Nähe des Pietrami-Gipfels begegneten, zwei Feldhüter. Wütend humpelten sie bergauf und stießen unter lautem Fluchen ihre Knüppel den Maultieren in die Hinterbacken, bis sie bluteten.

»Heda«, riefen wir, »gute Leute, ihr Meister Feldhüter, was gibt's Neues in Alcàra?«

»Schlechte Nachrichten«, antworteten sie und zogen weiter ihres Weges.

Am 24. Juni, Johannistag, um fünf Uhr nachmittags. Erste Station war Paràtica, auf dem Platz des Kapuzinerklosters.

Ach, werde ich jemals den schrecklichen Anblick, das entsetzliche Schauspiel vor uns auf den Straßen, den Plätzen dieses Ortes schildern können? Ich brauchte dazu den Genius eines Alighieri, den Schwung eines Astigian, das Talent eines Foscolo oder eines Byron, des englischen Tragöden, Feuer oder Flammenschwert des britischen Engels, das die an der Federspitze vor Grauen erstarrte Tinte wieder verflüssigt, oder wenigstens die weit ausholende Prosa eines D'Azeglio, eines Victor Hugo oder Guerraz-

zi . . . Werden Sie mir, den die Natur mit Hunger, Hinfällig-
keit und Sprachlosigkeit geschlagen hat, meine Schwäche
nachsehen?

Jedenfalls: Auf unserer ersten Station sahen wir eine Menge
von längst verstorbenen, einbalsamierten Toten im Freien
verstreut, Mönche und Laien aus frischen Gräbern und
Katakomben, preisgegeben dem Angriff der Mittagssonne,
des Mondscheins, des Regens, des morgendlichen Taus, und
die einen lachen, die andern weinen, noch andere schreien in
ihren zerschlissenen Kutten, muffigen Damasten und zerfallenen Seiden. Hier ein gestaltloser Haufen von Knochen,
Särgen, Schädeldecken, Gebeinen und Unterarmen, dort
alter Plunder, geflochtene Taschen, Ölgefäße, Fässer, Fäßchen und Korbflaschen und da und dort Asche, Glut und
glimmende Scheite, erloschenes Feuer von Schanktischen,
Schreinen, Schränken, Strohbündeln, Evangelien und Perga-
menten. An Kirche, Kloster und Nebengebäuden waren die
Türen aus den Angeln gerissen, die Bauten ruiniert, verlassen und in tiefes Schweigen versunken. Nur ein leises,
langgezogenes, immer wieder unterbrochenes Jammern wie
mit einer Fistelstimme, wie von einem Schauspieler oder
einem Geschichtenerzähler vernahm man in der leicht
bewegten Luft, und seine Herkunft war nur schwer zu
bestimmen, denn es schien sich zu bewegen, bald von einem
hohen Glockenstuhl, bald aus dem Wipfel einer Zypresse zu
kommen, bald in einem Tongefäß, einem Brunnen, einem
Sarkophag oder einem Kellergelaß versiegelt zu sein. War es
die Stimme eines Mönchs, der wie La Viva Sepolta, die
lebend Begrabene, eingemauert war, oder die eines Geistes,
der an diesem Ort gefesselt war?

Die zweite Station war der Piano Abate.

An dem Brunnen mit seinem unaufhörlichen Gesang von
sieben frischen Mündern klaren Wassers wandten selbst die
Esel den Kopf ab und erst recht die von Natur heiklen
Maultiere, die Diener und die Herren: ein lastender unreiner
Gestank von Aas, das, von Wasser vollgesogen, im Brunnen-

becken obenauf schwamm, Schlachterware in Vierteln, Bäuche, Lungen, Herzen in den Pfützen und Rinnsalen ringsum, von denen man nicht weiß, ob sie von Rindvieh, Ziegen, Schweinen, Hunden oder Christenmenschen stammen; ein gleiches im Waschhaus etwas weiter unten, zwischen Fahrzeugen, weißen Felsbrocken aus unbehauenem Kalkstein; und von der Mühle oben, vom Kastell Turio und von der Dreifaltigkeitskirche stiegen Säulen fetten, dunklen Rauchs auf, die sich in der Höhe ausbreiteten und in der stehenden Luft des Junimittags Strudel, Schnurrbärte und Fahnen bildeten, schwarz wie die Scharen von Raben, die auf den Feigenbäumen, den Mauern und den Blättern der Feigenkakteen hockten oder krächzend zum Himmel aufflatterten.

Dritte Station ist der Piano Chiesa, dessen Kirche dem heiligen Nikolaus geweiht ist, das Herz des Ortes mit der Hauptkirche, dem Kasino, dem Rathaus, dem Getreidespeicher, dem Archiv und mit den Portalen und den runden Söllern herrschaftlicher Paläste und fetter Bürgerhäuser.

Das alles war dahin: Nebel, Asche, Erde, Wind und Rauch. Was ist hier geschehen? Der Weltuntergang hat sich ereignet.

Auf dem heißen, verlassenen Platz liegen grauenhafte Tote, quellen aus dem Eingang des Kasinos und häufen sich auf dem Pflaster davor, Erwachsene, Kinder und Greise. Zertrampelt, zerrissen, im Schmutz vertrockneter Flüssigkeiten, Säfte, Flecken, Fetzen, im Gestank sich zersetzenden Fetts, von Säuren, verdorbener Hefe, zerbrochenen Eiern und schlecht gewordenem Schafskäse. Darüber Schwärme summender Gold- und Schmeißfliegen.

Es war um die Mittagszeit, die endlos schien.

Alles ist drunter und drüber. Man kann gar nicht hinschauen.

Plötzlich fallen von den Zinnen der steilen Felsen, von Bruno und Minnivacche Krähen, Raben und Elstern ein, lassen sich auf dem Engel, dem Kreuz, der Wetterfahne, der Trikolore und dem Gebälk des Glockenstuhls nieder. Entlaufene Köter streunen umher, Wüstenhunde, Jagdhunde und Bastarde. Und Schweine in ganzen Rudeln, frei von Prügel und Leine, närrisch vor Freiheit, trunken von Schmutz, schwarz und wild, als wären es Wildschweine.

Was kann man sonst noch tun?

Zu tun hat nur der Gänsegeier.

Die Flügel drei Meter und noch weiter ausgebreitet, die Beine mit den gebogenen Krallen weit vorgestreckt, stürzt er feist und riesig senkrecht aus der Höhe, als käme er geradenwegs aus dem Empyreum. Der fleischfressende Geier setzt sich auf die verfaulten Toten, versenkt seinen Schnabel in sie, wühlt, ein kräftiger Schlag des Kopfes, und er reißt sich von einem Bauch oder einer Brust ein Stück. Dann richtet er sich auf und fliegt mit wildem Flügelschlag davon.

So ist's geschehen.

Von anderen Zerstörungen und Plünderungen will ich schweigen. Von den Archiven, von der Ausstattung und den Registern des Rathauses und des Notars, von dem Getreidemagazin, zum Teil verbrannt und zum Teil ringsumhergestreut. Von den heiligen Madonnen und Jungfrauen, den Kirchenlehrern und Patriarchen, von den Urnen frommen Gedenkens und den Kindersarkophagen. Holz, Stuck, Kerzen und Pergament, Tücher, Schleier, Buketts aus Tarlatan, Pater Adornos, des Erzpriesters, Gewänder im wilden Durcheinander auf dem Kirchplatz.

Und schweigen will ich auch von den anderen Kirchen, von Nonnen, die in der Klausur vergewaltigt wurden, von den übrigen Häusern, den Plätzen und Gassen.

Inzwischen kam durch eine jener Gäßchen namens Donadei eine barfüßige Alte ohne Umhang herab, die weißen Haare aufgelöst auf die Schultern hängend. Mit der einen Hand hielt sie eine schöne, große Trommel, mit der anderen streichelte sie sanft im Kreis über das Fell, um es zu erwärmen. Ihr folgte ein munteres Bübchen, in den Armen eine kleine tönerne Amphore ohne Henkel, *quartarella* oder *mozzone* genannt, aus deren Öffnung dichte Halme sprossen, zart und durchscheinend wie keimende Gerste, Weizen oder Kichererbsen. Als sie den Platz überquert hatten (das Kind hielt sich mit den Fingern das Näschen zu), betraten beide die Hauptkirche, stellten den Krug auf den Altar, und dann begann die Alte zu trommeln. Der 24. Juni, der Johannistag war für die Leute von Alcàra das Fest des Mozzone, und in den verschiedenen Stadtvierteln pflegten sie jene kleinen Krüge mit den keimenden Pflanzen mit Gesang und Tanz bis in die späte Nacht zu feiern. Feindschaften fanden dann ihr Ende, Liebesbeziehungen und Gevatterschaften wurden geknüpft.

Ein seltsamer Kult.

Plötzlich erklangen die Glocken einer nördlich gelegenen Kirche, man hört ein Knattern, Krachen, Dröhnen, eine Woge von Gebrüll und Geschrei und ein Getrappel aus der Höhe herab.

Was ist das für ein Stimmengewirr?

Aus dem Ortsteil Motta kommt ein wirrer Haufen von Menschen, von wilder, ungezügelter Panik ergriffen. »Verrat, Hilfe, Verrat!« schreien sie im Lauf. Sie tragen Mistgabeln, Flinten, Äxte, Sicheln, läuten Kuhglocken und eilen nach Mandrazza, Palo und weit bis nach Bacco, Lèmena und Rogato.

Und oben und unten läuten jetzt andere Glocken Sturm, von der Verkündigungskirche, der Gnaden- und der Rosenkranzkirche, tiefe Glocken, hell bimmelnde und die mittleren, allesamt in Tortorici auf geheimgehaltene Art gegossen.

Nun ist die Stunde der Klagelieder, des Schluchzens und Trauerns gekommen. Mütter, Schwestern und Frauen, eine dichte Gruppe, schwarz in ihren Umschlagtüchern und Umhängen, sind wie durch ein Wunder plötzlich vor dem Katasteramt versammelt, wiegen Köpfe und Rücken im Rhythmus ihrer Trauermelodie. Das erste Solo ist das einer Frau, die mit schriller Kopfstimme ihr Söhnchen mit durchschnittener Kehle anruft.

Eine unglückliche Mutter.

»O Turuzzo, Turi, Tu!«

Und der Chor antwortet in umgekehrter Reihenfolge:

»Tu, Turi, Turuzzo, oh!«

Dann kommt der Ehemann Gnazio dran und dann der Schwiegervater Notar. Und nun rufen andere Frauen nach Peppe, rufen nach Luigi, Vincenzo, Ciccio, Tano, Pasqualino . . .

Vergebliche Klagen.

Doch inzwischen war ein Karren aufgetaucht, von einem Maultier, dürr wie ein Skelett, gezogen. Es glich dem ausgehungerten Tier, das im Palazzo Sclàfani zu Palermo über die Köpfe von Päpsten, Fürsten und Damen hinweggaloppiert. Ein seltsamer Fuhrmann in rotem Waffenrock mit Halstuch und Topfhelm mit Schirm stand aufrecht auf dem Gefährt, riß an den Zügeln, schwang die Peitsche, schrie und schimpfte:

»Uuh, uuh, broeuta bestia, marouchí poa te. (Hü, Hü, du Mistvieh, bist ja auch nur ein elender Marokkaner!)«

Drei andere, ebenso wie der erste gekleidet, grinsen hinter dem Karren her, mit Säbeln, Revolvern und Karabinern halten sie in ihrer Mitte eine Gruppe von Leuten aus Alcàra gefangen. Wer sind sie? Es sind Soldaten aus dem Norden, die mit Garibaldi gelandet sind, um uns vom Joch der Bourbonen zu befreien.

Ja, sie sind ein anderes Geschlecht.

Der Zug hält vor dem Leichenhaufen, und die Soldaten zwingen die Dörfler, die Toten auf den Karren zu laden. Schrill steigen die Schreie der Frauen auf, der Glockenklang vom Turm dringt in weite Ferne. Sie bedecken die schwankende Fracht mit einem gelben Moirétuch aus der Kirche, unter dem da und dort ein Kopf, eine Wade oder eine Hand hervorlugt.

Eine Wagenladung für den Friedhof.

Es ist sieben Uhr abends, schon fallen die Schatten lang auf den Boden, die Sonne sinkt dem Meer entgegen.

Bei Vollmond zog ein Fuhrmann einsam mit einer Fracht Salz dahin, in den Bergen überraschte ihn ein Gewitter . . .

Die Revolte löste sich in Betrug auf. Wer war der Betrüger? Ein Oberst, Er sagte:

»Mich schickt der General.«

»Es lebe Garibardo!« schrie die Menge.

»Brav, ihr Burschen, ihr seid tüchtige Patrioten«, erwiderte der Oberst. Dann fügte er hinzu:

»Ihr habt große Verdienste erworben. Der Diktator wird euch belohnen. Doch jetzt legt erst mal die Waffen nieder und liefert sie meinen Soldaten ab.«

Und blitzschnell legten sie vierzig Leute in Ketten.

»Muríu 'a virità, amaru a nui! (Die Wahrheit ist tot, bitter für uns!)«, heulte Turi Malandro wie ein Verdammter auf.

Don Nicolò Vincenzo Lanza begann zu weinen.

Mit Trompetenschall, Hufgeklapper und Waffengeklirr stürzen sie sich auf die Piazza herab, der Oberst an der Spitze, hoch zu Roß.

»Was für Wüstlinge, was für bestialische Gesellen«, sagt er beim Anblick der zerstörten Häuser, der Brände und Barrikaden, beim Gestank, den der verkrustete Dreck auf dem Pflaster noch ausströmt.

»Löschkalk! Kalk!« schreit der Major. »Sonst sterben wir noch alle an der Cholera.«

Mit Eimern, Schüsseln und Besen weißeln sie Pflaster, Sockel, Mauern, Türen, Tore und Türschwellen.

Um sieben Uhr, als es zu dunkeln beginnt, zünden sie einige Lichter in den Glaskäfigen der Laternen an. Und Stearinkerzen und Öllampen, die auf den Altären zurückgeblieben sind. Die Orgel ächzt, ertönt, und Pater Adorno stimmt an:

Te Deum laudamus . . .

Tränen fallen, und Jubel steigt aus den Kirchenschiffen auf.

Vom Altarraum wendet sich der Oberst in seiner Uniform mit goldenen Tressen und silbernem Säbel, das große, reich eingelegte Gewehr umgehängt, in einer Ansprache an uns Zivilisten:

»Bürger von Alcàra, seid getrost, der Terror hat ein Ende. Die dort draußen in Ketten stehen, sind keine Menschen, sondern wilde Tiere, Hyänen, die sich die heiligen Namen unseres Feldherrn Garibaldi, des Königs Vittorio und Italiens zunutze gemacht haben, um ihr Gemetzel, ihre Plünderungen und Räubereien zu begehen. Ich erkläre hier im Angesicht Gottes, daß diese Ruchlosen sich eines Vergehens gegen die Menschlichkeit schuldig gemacht haben. Und ich gebe euch mein Wort als Oberst, daß diese verbrecherischen Anhänger der Bourbonen ihre entsetzliche Schuld büßen werden, mit der sie unsere italienische Fahne beschmutzt haben.«

Wieder Wispern und Weinen in den Kirchenschiffen.

»Nur Mut«, fuhr der Oberst fort. »Noch ist das Morgenrot der Freiheit auf unserer Seite, und schon wird es Tag. Vor uns liegt der Kampf um die Festung Milazzo. Stündlich kann die Truppe des Brigadegenerals Medici, von der ihr schon einige Vortrupps hier auf der Piazza gesehen habt, in Barcellona eintreffen. Und jetzt übergebe ich Euch, Don Luigi Bàrtolo Gentile, aufgrund der Autorität, die mir der Provinzgouverneur von Messina, Doktor Pancaldo, verliehen hat, die Vollmachten eines Gemeindeabgeordneten und fordere alle auf, die dazu den Mut haben, diejenigen Schuldigen, die bisher ihrer Festnahme entgangen sind, ausfindig zu machen und zu verhaften. Die Mörder, die schon in unserer Hand sind, werden noch in dieser Nacht nach Sant'Agata in den Kerker des Schlosses der Granza Maniforti überstellt und von dort später nach Patti, um von einem Sondergericht abgeurteilt zu werden. Das einige und freie Italien duldet in seinem Schoß keine Schurken. Unser Vaterland, Garibaldi und unser guter Soldatenkönig Vittorio Emanuele, sie leben hoch!«

»Hoch, hoch«, erwiderten die Einwohner von Alcàra im Chor.

Der Oberst verließ den Altarraum, ging mit eisenklirrenden Sporen und dem Lorgnon, das auf seiner Brust hüpfte, hoch aufgerichtet und stolz gleich einem Washington durch die Kirche, an deren Eingang Schreiber dieses, ich selbst, Interdonato, ihm entgegentrat und sagte:

»Ich bin Enrico Pirajno aus Cefalù. Stammen Sie aus Sizilien, Oberst?«

»Ja, aus Sizilien, genau gesagt aus Roccalumera.« Dann fuhr er fort, während er mich von oben bis unten musterte: »Ich kenne Sie, Mandralisca. Im Zuchthaus von Favignana haben mir die beiden Brüder Botta und Andrea Maggio von Ihnen erzählt. Aber was führt Sie hier in diese Gegend?«

»Mich führen . . . Schnecken hierher. Entschuldigen Sie, Oberst. Wie ist Ihr Name?«

»Giovanni Interdonato.«

»Nein!«

»Doch!«

»Verzeihen Sie. Ich kenne nämlich einen anderen Interdonato . . .«

»Das ist mein Vetter, der Anwalt, den Sie heimlich in Ihrem Haus beherbergt haben. Wir haben nur den gleichen Vor- und Zunamen, sonst sind wir in allem ganz verschieden . . .«

»Wo befindet er sich gegenwärtig?«

»In Palermo. Er ist zum Innenminister in dieser ersten Diktatorischen Regierung ernannt worden. Aber was kann ich für Sie tun, Baron?«

»Mir dazu verhelfen, daß ich so schnell wie möglich in das Schloß des Fürsten Galvano Granza Maniforti komme . . .«

»Ein großer Patriot von hohen Verdiensten. Ich werde dafür sorgen . . .«

Und mit diesen Worten nahm er seinen schicksalsträchtigen Gang wieder auf.

Es kam jedoch so, Interdonato, daß ich nicht nur mangels Zugtieren und Wagen, sondern vor allem, weil der Abgeordnete befohlen hatte, daß jedermann, außer der Wache, im Haus eingeschlossen bleiben mußte, noch länger als eine Woche dort zu verharren hatte. In dem Dorf, das zur verbrannten Erde geworden war, durfte keiner ein und aus gehen – eine Quarantäne, ein Ausnahmezustand, eine Ausgangssperre, die sich auch auf den Tag erstreckte. Tagsüber drang das Echo von Pferdegetrappel und Galoppieren, von Sturmgeläut, Peitschenknallen, Appellen, Befehlen, Rufen, Truppenverschiebungen, Geschrei und Trompetenschall in unser Zimmer, und was am Tag real und leicht zu deuten war, das machte die Nacht verworren, erschreckend und beängstigend.

Ja, man muß fliehen, sich verbergen. Muß warten, reglos, unbeweglich und wie versteinert warten. In Kreisen und Ellipsen, in überwältigenden Wogen nähern sich in der Nacht mit ihrer Hysterie schrille Fanfarenklänge. Halt den Atem an. Sie streifen dich – ihre Parabel zerreißt dir die Nerven –, werden leiser, spalten sich verklingend in zwei Richtungen auf, die Scharen der düsteren Cherubim, die grausamen Stahltrompeten. Und hier in diesem muffigen Winkel . . .
Laß sie kommen, laß sie kommen, die eisenklirrenden Horden, deren Fanfaren wie Messerklingen die Nacht durchschneiden, denn die Stille nagt an dir.
Doch du warte, sei behutsam. Laß ab von hochmütigen Mienen, von allem täuschenden Gehabe, von den sinnlosen Spielen des Alltags, laß das Elend in die Sickergruben fließen, sammle dich: sei für einen Augenblick ein Mensch. Setz deinen Fuß hierher, auf diese Erde, tritt ein, betrachte die Szene: In diesem von Nacht erfüllten Raum wirst du Auswege, Fluchtwege finden. Flieh, flieh, wenn du kannst, vor dem Fluch der Schuld. Lausche: Entsetzliches Röcheln steigt aus dem Körper in der perspektivischen Verkürzung Mantegnas auf. Aus dem Fenster gestürzt, ist der Mann auf Glassplitter gefallen.

> Mart! Cam t'affuodi stumatin
> chi t'arcuogghi u garafu 'ntra u sa giggh!
> (Tod! Wie eilig hast du's heute früh
> die Nelke schon in ihrer Knospe zu pflücken!)

Nun richten sie Schranken auf, Mauern, Labyrinthe. In der steinernen Festung, der Schnecke des Schreckens, lebendig eingemauert, heult der sanfte Tänzer (sein Fuß, der in Freiheit so fröhliche Spiralen in die Luft zeichnete, kann sich nicht mehr rühren) in die Nacht hinaus: »Unser langsames Hinsterben ist bereits der Tod . . .« Und sein Schrei springt über von Haus zu Haus, bricht sich an mächtigen Porphyr-treppen, an Damastvorhängen, steigt auf zu Chorgestühl, Kanzeln und opalisierenden Reliquienschreinen.

»Bringt ihn endlich zum Schweigen!« schreien sie und ziehen die Chorröcke, Rauchmäntel, Staatsgewänder und Hermelinkapuzen über ihren Kopf.

Du aber laß dich nicht vom fiebrigen Leuchten des abge-zehrten Klerikers täuschen. Seine Kutte bedeckt Schorf, Wunden, Schmutz und Stolz. Schizophrenie verbirgt ihm den Lauf der Dinge, ihre Zwangsläufigkeit. Er ahnt nicht, wie es im Hühnerstall zugeht.

In unterirdischen Käfigen, inmitten von Arsenschwaden und Rinnsalen von Cyanid hacken sie einander um Mein und Dein das leere, weit aufgerissene stumpfblickende Auge aus, zersägen einer dem anderen Adern, Sehnen und Fleisch. Im Kreislauf von Kleie und Kot, Kleie und Kot.

Streich nun mit leichter Hand ohne Zittern über deinen Bauch, vom Brustbein bis zum Nabel: dann fühlst du das Stigma deines zersägten Magens, den Einschnitt für den Abfluß der Galle. Und wie ist Flucht hier möglich? Durch Störung des Gleichgewichts, durch Dissonanzen und Ver-renkungen verweigere ich deine Kleie und meinen Kot, dir, der du zur Rasse der Engel gehörst!

Doch in den letzten Stunden der Nacht klopfen die Horden an die Türen, heben sie aus den Angeln, treten sie mit genagelten Stiefeln ein, hinterlassen Kreidekreuze auf Wind-fängen und Pförtchen.

Heraus kommt der Rebell, faßt ihn! Beladet ihn mit Ketten und Handschellen, schlingt ihm den Ginsterstrick um den Hals!

Und auf dem riesigen Platz, während die Trommel schweigt, schreit der Hauptmann:

»Tot durch den Strang, der Leichnam soll drei Tage lang dort baumeln!«

Warm und feucht erhob sich der Scirocco, heulte wie ein verzweifeltes Tier über Grate und Schluchten, über Pflaster und Armeleutewohnungen. Trommelschlagend verkündete der Ausrufer öffentlich in den Straßen, daß die Ausgangssperre in der Gemeinde aufgehoben und jedermann frei sei, seiner Wege zu gehen. Am Morgen klopfte es an der Tür, und Matafú erschien, der Diener unseres Freundes Maniforti, der gekommen war, um uns abzuholen (mein Diener Sasà, der wieder zur Vernunft gekommen war, warf sich ihm an den Hals und hörte nicht mit Umarmungen auf, als habe er seinen aus dem Grabe auferstandenen Vater vor sich).

Innerhalb von vier Stunden waren wir am Meer, und im Schloß traf ich weinend meine liebe Frau an in Begleitung des Vetters Bordonaro.

Dort biwakierten Bürger von Alcàra, die sich während der vierzig Tage der Anarchie hierher geflüchtet hatten, Chiuppa, Capitò, Versaci, Cortese und Frangipane, die sich jetzt aber zum Aufbruch rüsteten.

Nun ist der Augenblick gekommen, lieber Interdonato, um Ihnen von dem Ort zu berichten, wo ich die bereits erwähnten Inschriften fand, diese mit Kohle geschriebenen Dokumente auf den Mauern, die ich las und abschrieb, das heißt von dem geheimen Verlies unter dem Schloß, das als Kerker benutzt wurde und das der Fürst Galvano mich voll Stolz besichtigen ließ, weil er darin drei Tage lang die Rebellen von Alcàra gefangen gehalten hatte, die später nach Patti überstellt und dort verurteilt wurden. Diesen Kerker muß ich Ihnen also schildern.

Achtes Kapitel
Der Kerker

Doch nicht ehe ich hier, nach Art einer Inschrift, als wäre es ein über dem Eingang eingemauerter Gedenkstein, eine Stelle aus einem Buch des ausgehenden siebzehnten Jahrhunderts abgeschrieben habe. Sein Titel lautet »Lustbarkeit des Auges und des Gemüthes bei Betrachtung von Schnekken«, sein Autor ist der Jesuitenpater Filippo Buonanni.

»Ich weiß, daß Ihr mich nicht der Übertreibung zeihen werdet, wenn Ihr bei flüchtiger Betrachtung der Windungen einer Schnecke an die Schwierigkeiten denkt, die es den Geometern bereitet, sie richtig zu zeichnen, und trotz aller aufgewandten Mühe stimmt es doch nie; denn sie stellen sie in immer kleineren Kreisabschnitten dar, während es sich bei ihnen doch um keinen Kreis handelt, auch wenn sie kreisrund aussehen.
Welcher Vitruv errichtete ihnen ein so ausgefallenes Haus, das von keiner Kunst nachgeahmt werden kann? Ich will Euch sagen, je mehr man nach den Gründen dafür sucht, desto deutlicher werdet Ihr erkennen, daß Gott, der mit dem Wort Natur gemeint ist, in jedem seiner Werke geometrisch vorgeht, wie die Alten behaupteten, damit man sich auf eben so mühselige wie vergnügliche Weise unter dem Bild einer einfachen Schneckenwindung die Gedanken vorstellen kann.«

Was haben denn Schnecken damit zu tun, werden Sie fragen. Sie haben damit zu tun, Freund Interdonato. Denn es fügt sich, daß der Kerker, von dem ich Ihnen sprechen muß, genau die Form einer Schnecke hat.
Wenn wir, um es einmal so auszudrücken, an dieser Stelle

den einen Schenkel des Zirkels einstechen, kreisen wir mit dem anderen – aber nur kurz, um Sie nicht zu langweilen – um die Entstehung und die Geschichte des Kastells, unter dessen Grundmauern sich dieser Kerker befindet. Es heißt Sant'Agata di Militello, weil es bis in das jüngst verflossene Jahr 1857 keine selbständige Gemeinde darstellte, sondern gänzlich von jener anderen Gemeinde abhing. Von Militello im Val Dèmone, Bezirk und Diözese Patti, leitet sich deshalb seine Geschichte her. Bis ins siebzehnte Jahrhundert war es lediglich eine Festung (das heißt, ein Kastell im eigentlichen Wortsinn), und das Territorium bevölkerte sich zu unbekanntem Zeitpunkt mit einer Kolonie von Bewohnern des Ätna, die vielleicht wegen einer Hungersnot oder infolge eines Erdbebens oder eines Vulkanausbruchs durch das Landesinnere bis ans Meer gewandert waren. Und das wird durch ihre Mundart bestätigt und durch bestimmte, in der Gegend von Catania übliche Zunamen ebenso wie durch den Namen der Jungfrau und Märtyrerin, der Patronin von Catania, den sie aus ihrer Heimat mitgebracht haben. Und tatsächlich ist in einer Nische am Scheitelpunkt eines Bogens, der eine Straße zum Meer überragt, ein steinernes Standbild der Heiligen zu sehen, die mit beiden Händen das leichte Kleid von ihrer Brust zieht, die so flach ist, als wäre der heilige Joseph mit dem Hobel darüber hingefahren, und so dem Betrachter, man weiß nicht recht, ob schmerz- oder stolzerfüllt, ihre gräßliche Verstümmelung zeigt. Wegen dieser Geste verwechseln viele sie mit Christus, dem Erlöser, der gelegentlich mit derselben Gebärde der Hände dargestellt wird.

Auf der dem Osten zugewandten Mauer des Kastells ist ein Gedenkstein eingelassen: TEMPORE DOMINI EXC. D. HIERONYMI (COCALI) GALLEGO PRINCIPIS MILITELLI AC MARCHIONIS SANCTAE AGATHAE. ANNO DOMINI MDCLXXV. (Erbaut zur Zeit des Durchlauchtigen Herrn Don Hieronymus [Còcalo] Gallego Fürsten von Militello und Markgrafen von Sant'Agata. Im Jahre des Herrn 1675.)

Diese Gallego, die – wie aus ihrem Namen hervorgeht – aus dem spanischen Galizien stammten, wurden von Philipp IV. zu Fürsten von Militello und Markgrafen von Sant'Agata ernannt und haben also die Festung am Meer erbaut. Der auf dem Gedenkstein erwähnte Hieronymus (Còcalo), welcher mit einer Corbèra verheiratet war, hat sie meines Erachtens vergrößert und in ein bewohnbares Schloß umgewandelt und dafür sicherlich einen spanischen Architekten oder Geometer kommen lassen. Denn nur ein spanischer Geist konnte ein Wohnhaus auf dem Grundriß einer Schnecke (eines caracol, wie man sie dort nennt) konzipieren. Und wir sind überzeugt, daß dabei der ungewöhnliche und kapriziöse Vorname des Fürsten und Markgrafen, der hinter seinem Namen Hieronymus in Klammern eingeschlossen steht, daß eben dieser Name Còcalo eines in Sachen der Kunst und der Wissenschaft sicherlich bewanderten Akademikers, wenn er nicht mit seinen heidnischen Ideen überhaupt ein Ketzer war, den Architekten inspiriert hat. Da Còcalo der König von Sizilien war, welcher Dädalus, den Erbauer des Labyrinths, nach seiner Flucht von Kreta und Minos über den Himmel bei sich aufnahm, und da der Name Còcalo in seiner Wurzel die Idee der Schnecke enthält, auf griechisch kochlías, auf lateinisch *cochléa*, die ein gelöstes Rätsel darstellt, ein falsches Labyrinth mit Anfang und Ende, hellem Eingang und dunklem, verschlossenem Grund, dessen große Öffnung man verlassen kann, wenn man wie in Pascals Schnecke der gewundenen, aber logischen Windung seiner Spirale folgt, baute der Architekt das Schloß aufgrund dieses Namens: als Zuflucht nach dem glücklichen Flug aus dem großen erbarmungslosen Labyrinth Spaniens, vielleicht als geheimen Traum, eines Tages Vizekönig von Sizilien zu werden, als schöpferische Herausforderung der Natur wie die Wachsflügel des griechischen Erfinders oder nur als eine kapriziöse Phantasie?

Fest steht, daß dieses Schloß, das im Lauf der Zeit von den Gallego auf die Maniforti übergegangen ist, keine geradlinigen Stiegen, Treppen oder Aufgänge, ja überhaupt keine Geraden, rechten Winkel, Ecken oder Quadrate enthält. Vielmehr ist alles – Treppen, Säle, Türme, Terrassen, Hof und Speicher – kreisförmig, in Bögen, Buchten und Windungen angelegt. Und die phantastischste aller Phantasien entfaltet sich in dem tiefen, unterirdischen Gelaß, der Zisterne, dem gewundenen Trichter, der kreisenden Schwefelgrube, gleichsam eine Spiegelung, ein Gegenbild vom Haupttrakt des Schlosses darstellend, unter dem er seinen Platz hat: eine riesige Schnecke mit der Mündung in der Höhe und der Spitze auf dem Grund, in Dunkel und Fäulnis.

Vom Hof betritt man den Kerker durch ein schweres Eisentor mit dichten Gitterstäben, das in einen Torbogen aus Ammonitengestein eingelassen ist, einen vollkommenen Bogen aus sorgfältig behauenen Quadern, neun auf jeder Seite und dazu der Schlußstein, mit Figuren und Reliefs, die verschieden sind, aber denjenigen auf dem gegenüberliegenden Pfeiler ähneln oder entsprechen, einzigartig ist nur der Schlußstein, der trennt und verbindet, den Druck von beiden Seiten aufnimmt, das all diesen Ähnlichkeiten entgegengesetzte Ordnungsprinzip.

Fängt man also vom Boden an, läßt die Augen vom linken zum rechten Pfeiler und von den beiden untersten Quadern aufwärts wandern, so sieht man zuerst in geometrischer Anordnung Kugeln oder Äpfel und auf der anderen Seite in derselben Anordnung auf- oder untergehende Sonnen oder Monde, dann eine Sonnenblume inmitten von vier Blättern und zwei Blumensträuße in Füllhörnern, einen Thunfisch und einen Delphin, ein kunstvolles Knotengebilde, das einem Schmuckstück gleicht, und zwei Schlangen, die sich wie am Stab des Merkur umeinanderwinden, ein geflügeltes Drachenweibchen und eine Sirene, einen Hahn und eine Gans, einen Schwan und einen Pfau, eine Harpye und eine Chimäre, einen Seraph und einen Engel und schließlich in der Mitte auf der Schauseite des keilförmigen Schlußsteins in einem Strahlenkranz ein kurzes Wort, das aber nicht zu entziffern ist, weil der Regen der Jahrhunderte, der wie aus einem grotesken Wasserspeier schräg darauffiel, die Buchstaben allmählich ausgelöscht hat.

Nachdem Schloß und Riegel geöffnet, Vorlegebalken und Fallklinken zurückgezogen, die Ketten gelöst und das Gittertor aufgeschoben waren, befanden wir uns an der ovalen Mündung des Eingangs. Matafú ging mit der Laterne voran.

Sofort drang aus der Tiefe ein fortwährendes Wellengemurmel wie ein ständiges Pferdegetrappel, das Hin und Her eines Echos, das sich auf seinem gewundenen Weg aufwärts zur Mündung vervielfältigte und von dort aus auf der Erde und in der Luft des Hofes verlor wie die Stimme, die man in Schneckengehäusen für gefangen hält, in jenen nach Gestalt und Farbe schönsten Schnecken aus der Familie der einschaligen Spiralschnecken und insbesondere in Lauschohr, Kanonenrohr oder Kerkerschnecke, in der Flöte, im Horn, in der Nabelschnecke oder im Scaragol, kurz und gut in einer jener Schnecken, die man gewöhnlich Seetrompete oder Tritonshorn nennt und an ihrer Spitze mit einem Loch durchbohrt. Auf ihnen blasen die Fischer, um die Fische anzulocken oder um sich in der Weite der Meeresnacht gegenseitig anzurufen, weshalb sie im Altertum manchmal Conchiliari oder Conchiti genannt wurden. Daher Plautus: *Salvete fures maritimi conchitae atque hamiotae, famelica hominum natio, quid agitis?* (Gruß euch, ihr Meeresdiebe, Muschelsammler und Angler, ihr Leute vom hungrigen Menschengeschlecht, was treibt ihr da?)

Und Vergil . . . Doch wohin schweife ich ab? Wir sprachen vom Echo. Auch unsere eigenen Stimmen, jedes Geflüster, unser Atem, Matafús asthmatisches Keuchen, das Gekicher von Granza und unsere Schritte kamen verstärkt zu uns zurück. Kreisend begannen wir hinabzusteigen. Auf dem Boden aus versteinertem Schotter, der mit glitschigem Moos und Flechten bedeckt war, zwischen den Wänden und dem

Gewölbe des unterirdischen Ganges, die mit Mörtel und Gips geglättet waren und stellenweise wie mit gemahlenem Perlmutt oder pâte de verre, indischem Lack oder Firnis bestrichen schienen, schimmernd wie chinesisches Porzellan, Purpur auf den Lippen und weiter drinnen rosa oder milchig abschattiert, stellenweise von eindringendem Wasser, das in Stalaktiten vom Gewölbe tropft, aufgetrieben und abblätternd, entstellt von braunem und grünem Schimmelpilz, Salpeterfraß und Venushaar, das in Kaskaden aus den Rissen quillt: ursprünglich ein Ort der Wonne für den Fürsten und seinen Hofstaat, eine kühle Zuflucht während der drei glühenden Sciroccotage wie die kleinen Wasserfälle in der Villa Zisa, die Seen und Bäche in Maredolce, die mit Bergamotten und Palmen überwucherten Gärten mit ihren Jasminsternen, mit den Trompetenblüten des Stechapfels und dem Gelock der wilden Geranien an ihren Mauern, wie die großen und kleinen Landhäuser der muslimischen Kalifen oder die krausen Phantasien aus singenden Wassern und Grün, aus Steinen und Muscheln, die der Architekt Pirro Ligorio für den Kardinal d'Este schuf.

Von alledem heißt es jetzt Abschied nehmen. Statt dessen trostlose Wüste, ein Purgatorium, eine Grube der Buße und Folter. Holzblöcke, in die Mauer eingelassene Ringe und Ketten an jeder Drehung, Strohschütten und verstreutes Roßhaar, verkrustete Schüsseln, Nachttöpfe, Becher und Milchtassen, Gestank von abgestandener Pisse und, mit Verlaub, von Scheiße.

Am Anfang bei der ersten Biegung der Vorhalle, wohin das Sonnenlicht noch gerade dringt, entdeckte ich LIBIRTAA, FREIHEIT, auf der Wand, und weiter unten bei der dritten, der fünften Biegung und bis zum tiefsten Grund, wo ein konkaver Stein die äußerste Spitze bildete und diesen Strudel abschloß (draußen schlug die Brandung dagegen, und man hörte ihr Rauschen), sah ich beim flackernden Schein der Lampe andere frisch geschriebene Worte.

Ich tat, als hätte ich nichts gesehen. Ich fragte Maniforti, um ihn abzulenken und das Schweigen zu brechen:

»Was ist denn mit dem jungen Gefangenen aus San Fratello geworden?«

»Der kam nach Mistretta, nach Mistretta, nachdem er gerechterweise zu Haft in Ketten bei Wasser und Brot verurteilt worden war.«

Tags darauf kehrte ich, mit Papier, Feder und Tintenfaß bewaffnet, von meinem Lakai begleitet, der mir leuchtete, und mit Hilfe von Matafú ins Gefängnis zurück.

Was ich dort las, schrieb ich wörtlich auf und lege es Ihnen, Interdonato, hier vor. Dazu den auf die Fläche projizierten Grundriß dieses gewundenen Kerkers, damit Sie an seinen Biegungen genau den Platz jeder Inschrift sehen.

Die Spirale ist auf ein Koordinatenkreuz bezogen wie die sogenannte Spirale des Archimedes, der uns sein Werk *Peri helikon,* »Von den Spiralen«, hinterließ, in dem auf einer Ebene liegende Spiralen beschrieben werden als von einem Punkt ausgehend, der sich in gleichförmiger Bewegung auf einer Geraden fortbewegt, die ihrerseits gleichförmig um einen Punkt gedreht wird. Ich habe also unsere Spirale auf das Koordinatenkreuz x und y bezogen und bin von dem Endpunkt in der Mitte ausgegangen (unendlich klein in abstracto, wie unendlich groß dahinter Elend, Schmerzen, Qualen, Tränen, Ängste, Erbitterung und Verzweiflung – was wissen wir schon davon, was wissen wir davon? – der Leute sind, die hier zu Worte kommen) und habe, nach außen fortschreitend, jede Spiralwindung numeriert, welche der vorangehenden entspricht, aber zugleich deren Fortführung darstellt. In die Mitte jeder Windung setzte ich eine Zahl, und jede Zahl bezieht sich auf eine Inschrift.

Cochlías legere, Schnecken lesen, nannte man früher das Sammeln von Schnecken an den Stränden zum Zeitvertreib und als vergnügliches Spiel.

Doch wir lesen jetzt diese Schnecke als Pflichtaufgabe, die uns zugleich mit Bitterkeit und Hoffnung erfüllt, wenn wir auf der Mauer die beredten Zeichen vergangener Qual und somit wiederholter Erschütterung deuten und dabei erkennen, wie es mit der Geschichte bestellt ist, die aus dem Strudel der Tiefe aufsteigt, und uns infolgedessen vorstellen können, wie die Zukunft sich entwickeln wird.

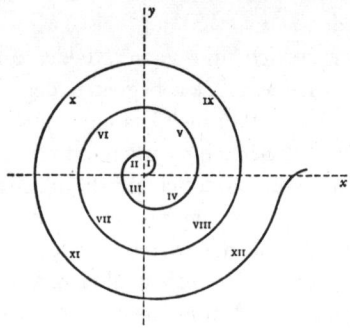

Neuntes Kapitel
Die Inschriften

I
Als erschlagen
mein Bruder
der verwitweten Schwägerin
nahm ich unter Drohungen ihr Geld fort
verwüstete den Obstgarten
riß das kleine Haus ein
voll von Vorräten Möbeln Sachen
ihm dem ältesten und eigenmächtigen Sohn
überschrieb der Vater alles
durch Testament
wer weiß nun
Mütterchen liebes
was mir geschieht

II
Eigentümer von Feudalbesitz
Großkopfete beim Gericht
Pfarrer und Bürger
bemächtigten sich
des Gemeindelandes
und mir blieb nichts von allem
und doch hatte auch ich ein Recht
wie all diese Notablen
den armen Bauern blieb nichts
auf hetzte ich die Alcaresen zur Revolution
ach schlecht war's für uns
niemand gelang es mehr
die Wut zu zügeln
der losgelassenen Wölfe
leb wohl Alcàra
alle bitt' ich um Verzeihung
Welt lebe wohl

III
Nach Scheiße stank's uns
abends beim Abstieg in unser Dorf
Turuzzo hol ich aus seinem Loch
den Enkel des Notars
zerr ihn nach draußen
klemm ihn mir zwischen die Schenkel
schneid den Kehlkopf ihm durch
Notar wär auch er geworden

IV
Im Winter bei Hungersnot
Schulden um sieben Mäuler zu stopfen
verbannten sie mich nach Floresta
Don Gnazio Sohn des Notars
verging an meiner Tochter sich
mit diesen Händen hab ich ihn umgebracht
Schwanz und Eier in den Mund
dem Ruchlosen

V
Auflad ich Don Vincenzo Steuereinnehmer
als er erstochen
werf ihn den Schweinen vor
er fraß mich auf mit Wechseln Zinsen und erpreßtem Geld
stahl mir den Acker den von Steinen ich befreit

VI
Niemals im Leben
rührte eine Flinte ich an
doch an diesem Morgen
schoß ohne Zaudern ich
auf die Bürger diese Verräter
wer weiß wen ich traf
vielleicht Don Tano den Schatzmeister
vielleicht auch Meister Ciccio den Gemeindeboten

VII
Es lebe Italien
schrie der Bürger
Rache Rache
Gerechtigkeit
unser Bandenchef
sofort gegen die Sippschaft der Bürger
Diebe und Ausbeuter
mir fiel der junge Lanza zu
lächelnd
brach ohne Jammern er zusammen
die Augen weit aufgerissen
die fragen weshalb

VIII
Es war ein blindes Schlachten Schlachten
Schläge Angstgeheul
Schreie nach Hilfe nach Sankt Nikolaus
dazu brachte uns Tagelöhner
unser Leiden
einer schlug mir
die Nägel ins Gesicht
die Zähne in die Hand
als er fiel wie ein leerer Sack
Rosa rief er dabei
Rosa

IX
Vom neuen Sichelchen
so blank und glänzend
genügte nur ein Schlag
auf diesen Hals so weich
von Pasqualino Sohn
des Grundbesitzers
Otterngezücht und fetter Egel
Sicheln Sichelchen und Rebmesser
benutzte ich
Korn Klee und Heu zu schneiden
für die Herren diese Dreckshunde
die verdammten

X
Ich suchte den Baron
ein Herr zum Lachen
in eine Höhle entkam er mir
der Hurensohn
dennoch Rache
die Freiheit lebe
wer stirbt stirbt
Bürger Grundherrn immer dieselben
das Diebsgesindel
reißende Tiere ohne Gott und Herz
schlimm ist's mir nur zu lassen Serafina
sonst aber fürcht ich
weder Tod noch Zuchthaus

XI
Ein Schwein Italien
ein Schwein der König
ein Schwein Garibardo
ein Judas dieser Oberst
der uns entwaffnete
das Volk es lebe
Rache über Rache
Bitternis jenem
dem das Schicksal blüht
mir zu begegnen
vom einigen Vaterland spricht und von der Monarchie
ihm tu ich was ich tat
dem Notar Bàrtolo
Häuptling der Mafia und des Diebsgesindels
mit meinen Händen erwürg ich ihn
und reiße ihm entzwei
den Stein seines
Her   zens

XII
Dies ist die wahre Geschichte
von Alcàra
im Mai und Juni
des Jahres sechzig
erzählt von denen
die sie machten
geschrieben auf den Stein
mit Kohle
von Michele Fano aus San Fratello
erst Mönch dann Landarbeiter
    kommst du in diesen
    gewundnen Brunnenschacht
    sollst wissen du
    wer es gewesen
    und schweige still
    doch wenn du rauskommst sag
    von Alcàra das Volk in seinem Zorn
    von Bronte Tusa und Caronia
    wird lassen auf dem Antlitz dieser Erde
    sogar den Samen nicht
    der Schergen und der Bürger
        der Kuckuck hat gerufen das Käuzchen und
        die Eule
        gemeinsam rufen werden eines Tages alle drei
        das Unheil von San Blesg
        nehmt eure Messer
        Tod allen Reichen
        schreit das arme Volk

aus tiefem Abgrund
am Anfang stand
der Hunger ohne Ende
nach
        Freiheit

Erster Anhang

Eine Entscheidung, berühmt zumindest als Paradox oder Triumph des Mordes / Palermo – Druckerei Carini mit dem Gutenberg-Schild – Eingang zum Nationaltheater San Ferdinando – Einziges Stockwerk rechts – 1860.

Die Nummer 54 des »Giornale d'Italia per gl'Italiani« (Italiens Zeitung für Italiener), die Nummer 187 des »Diario dell'Arlecchino« (Harlekins Tageblatt) und die Nummer 9 des »Cittadino« (Der Bürger) haben von einer Entscheidung des Obersten Gerichtshofes in Messina (mit drei gegen zwei Stimmen) berichtet, die auf entsprechenden Schlußfolgerungen des Staatsanwalts Interdonato beruhte. Durch sie wurde das Gesetz eindeutig verletzt, wurden die Rechte des Individuums und der Gesellschaft in aller Offenheit mit Füßen getreten, bereits gesprochene Urteile wurden annulliert, und die Urheber von Mordtaten, Plünderungen und Raub, die in Alcàra Li Fusi von einer Handvoll von Verbrechern zum Schaden der örtlichen Notablen und der öffentlichen Wohlfahrtskasse begangen worden sind, wurden auf freien Fuß gesetzt.

Diese Meldungen fanden jedoch keine Beachtung, die Regierung hat sich nicht gerührt, und die Öffentlichkeit hat vergeblich auf Wiederherstellung der mit Füßen getretenen Gerechtigkeit gewartet.

Damit es der Regierung nun zur Kenntnis kommt, damit alle es wissen und damit der König erfährt, was für Leuten Leben und Freiheit der Bürger und die öffentliche Ruhe in diesem Teil Italiens anvertraut sind, haben wir die Absicht, ohne Umschweife in aller Ausführlichkeit die Dokumente zu veröffentlichen, die beweisen, von welcher Tragweite die Ungerechtigkeit, ja der Rechtsbruch sind, die hier begangen wurden.

Am 17. Mai brachte eine Horde von Übeltätern, angetrieben vom Gift persönlicher Feindschaften und dem Wunsch nach Raub, in Alcàra Li Fusi alle Notablen um, die ihnen in die Hände fielen, plünderte und raubte deren Besitz sowie die öffentlichen Kassen. Das Sondergericht von Patti, zu dessen Kenntnis das Geschehen durch einen Erlaß des Diktators vom 9. Juni 1860 gekommen war, traf nach angemessenen Ermittlungen und ordnungsgemäßer Verhandlung alsbald die folgende Entscheidung.

IM NAMEN S. M. VIKTOR EMANUELS
DES KÖNIGS VON ITALIEN

Im Jahr eintausendachthundertsechzig am 18. August in Patti.

Das Sondergericht von Patti, bestehend aus den Herren Doktor Don Crisostamo Gatto, Vorsitzender Richter, Doktor Don Enrico Lo Re, Doktor Don Gaetano Bua, beide Richter, Doktor Don Lodovico Fulci, Ermittlungsrichter, und Doktor Don Basilio Milio, als Staatsanwalt fungierender Richter, ist zusammengetreten zur Urteilsfindung über:

Salvatore Oriti Gianni – Antonino Di Nardo Mileti Carcagnintra – Giuseppe Sirna Papa – Salvatore Artino Martinello Guzzone – Vincenzo Mileti Carcavecchia – Salvatore Parrino Tanticchia – Salvatore Fragapane Malandro – Nicolò, Giuseppe und Gaetano Vinci – Nicolò Santoro Quagliata – Michele Patroniti – Rosario Parrino Gruppo – Nicolò Romano Mita – Salvatore Cogita Calabrese – Gaetano Casta Caco – Giuseppe Sguro Mantellina – Nicolò Zaiti Scippatesti – Antonino Artino Inferno – Nicolò und Serafino Di Naso Milinciana – Carmelo Serio – Giuseppe Tramontana –

Nicolò Tomasello Formica – Nicolò Calderone Sammarcoto
– Don Ignazio Cozzo – Don Nicolò Vincenzo Lanza –
Carmelo Cottone – Giuseppe Palazzolo Capizzoto – Nicolò
und Salvatore Mellino Cucchiara – Santi Oriti Misterio –
Pietro Ridolfo – Gaetano Catullo – Giuseppe Imbriciotta
Zisi – Basilio Restifo Attinelli – Antonino Di Nardo di
Saverio.

ANGEKLAGT

Verwüstung, Massaker und Plünderung in der Gemeinde
Alcàra und zu Lasten der bürgerlichen Klasse vorbereitet
sowie tätigen Anteil an Mordtaten, Verwüstungen und
Plünderungen genommen zu haben, die sich gegen Don
Vincenzo Artino, Don Pasquale Artino, Don Giuseppe
Bàrtolo, Don Ignazio Bàrtolo, Don Salvatore Bàrtolo, Don
Giuseppe Lanza, Don Luigi Lanza, Don Salvatore Lanza,
Don Francesco Lanza, Don Gaetano Gentile und Don
Francesco Papa richteten und ihnen sowie dem Archiv des
zuvor genannten Notars Bàrtolo, der Gemeinde, allen nicht
kirchlichen Wohltätigkeitseinrichtungen und dem dortigen
Frauenkloster sowie dem Geistlichen Don Giuseppe Fran-
china zum Schaden gereichten [. . .]
Das alles gemäß Paragraph 130 und 131 des Strafgesetzbu-
ches und der Strafprozeßordnung.
Nach Berichterstattung des Ermittlungsrichters, Signor
Fulci,
Nach Verlesung der wesentlichen Prozeßunterlagen
Nach ordnungsgemäßer Einvernahme aller Zeugen
Nach Vortrag des Eröffnungsbeschlusses und der ihm
zugrundeliegenden rechtlichen Würdigung durch den oben
genannten Staatsanwalt
Nach Anhörung der Angeklagten und ihrer Verteidiger
unter Ausschöpfung aller Mittel der Verteidigung
Hat das Gericht nach Abschluß der öffentlichen Verhand-
lung erkannt:[*]
Die Anarchie, die in Alcàra am 17. Mai 1860 ausgebrochen

ist und in dieser Gemeinde ungefähr vierzig Tage gedauert hat, war nicht das Resultat zufälliger Umstände, die sich unvorhergesehenerweise im Verlauf des allgemeinen Aufstandes auf der Insel zur Erlangung der Sizilien zustehenden Rechte entwickelten. Sie war vielmehr das Ergebnis einer vorausgeplanten verbrecherischen Verschwörung einiger weniger (von denen die meisten Handwerker oder Bauern waren) zwecks Ermordung einer bestimmten Anzahl von Bürgern, die später aufgrund des persönlichen Interesses eines jeden Verschwörers erweitert wurde und somit insgesamt (mit der Ausnahme weniger) zur beinahe vollständigen Ausrottung der bürgerlichen Klasse von Alcàra führte.

Gründe für das widerrechtliche Zusammenwirken waren bei einigen verabscheuungswürdiger und andererseits auf zuvor erbettelten Darlehen beruhender Haß, anfangs in der Hoffnung, dann in dem Wunsch, die Gläubiger wegen der Schulden zu vernichten, mit denen man sich belastet hatte; ein Wunsch, der bei vielen mit der Hoffnung verbunden war, dadurch die Güter wiederzuerhalten, die sie früher durch mißliche Umstände, sei es kraft eines Vertrages, sei es aufgrund einer Gerichtsentscheidung abgetreten oder eingebüßt hatten, da sie schließlich darauf hofften, sich bei der geplanten ausgiebigen Plünderung durch Diebstahl zu bereichern.

Das Ergebnis dieses schändlichen Planes war die Ermordung von zehn Bürgern und einem Türsteher, unter ihnen Persönlichkeiten von respektgebietenden bürgerlichen und literarischen Verdiensten und Jugendliche, deren Alter sie bereits als schuldlos erwies. Sie alle wurden erschossen, mit der Axt erschlagen, zu Tode geprügelt oder abgestochen wie die Lämmer. Darüber hinaus wurden die Sterbenden oder bereits Gestorbenen mit Waffen aller Art mißhandelt, verstümmelt, zertrampelt, ihrer Kleider beraubt und dann dadurch auf gräßliche Weise entstellt, daß man Papier auf ihren Gesichtern verbrannte. Schließlich wurde ihnen ein christliches Begräbnis gewaltsam vorenthalten. Zusätzlich wurden Notariatsarchive vernichtet und angezündet. Gleiches widerfuhr allen Papieren und Dokumenten, die in der Gemeindekanzlei aufbewahrt wurden und der Kommunalverwaltung oder Wohltätigkeitseinrichtungen gehörten. Die Gemeindekasse, die beträchtliche Werte teils in bar, teils in Schuldscheinen enthielt, wurde beraubt, verschiedene Bürgerhäuser geplündert, wobei die Täter sich Geld, Schuldscheine, Schmuck, Gegenstände aus Gold oder Silber aneigneten und Kreditbriefe sowie alle auf Privatvermögen bezüglichen Dokumente verbrannten. Früchte und auf den Feldern stehende Ernte wurden von den Anarchisten in großem Umfang verwüstet, Häuser und Grundbesitz ohne gerichtliche Klärung der Eigentumsverhältnisse in Beschlag genommen, Geldbeträge unter Androhung von Gefahr für Besitz und Leben erpreßt, willkürliche Festnahmen und jede sonstige Art der Niedertracht verübt, und das alles mit dem Ruf »Es lebe Viktor Emanuel« – »Es lebe Garibaldi« und im Schatten der Fahne der Wiedergeburt, die zur vorbeugenden Entwaffnung und zur Erringung sich bereits abzeichnender Siege gedient hatte. Diesen ersten Opfern sollten weitere folgen, denn ihnen war nur die Rolle von Vorläufern weiterer Verbrechen und Schandtaten zugedacht, die später teilweise ausgeführt, teilweise durch göttliches Erbarmen verhindert wurden.

Nachdem diejenigen, über die jetzt Recht zu sprechen ist, der Justiz schließlich ins Netz gegangen sind,

Nachdem der gesamte Tatbestand auf diese Weise festgehalten war, stellte der Präsident die folgende

FRAGE

Steht es fest, daß die Angeklagten Don Ignazio Cozzo, Salvatore Oriti Gianni, Antonio Di Nardo Mileti Carcagnintra, Giuseppe Sirna Papa, Salvatore Artino, Vincenzo Mileti Carcavecchia Spinnato, Salvatore Parrino Tanticchia, Salvatore Fragapane Malandro, Nicolò Vinci, Sohn des verstorbenen Vincenzo, Nicolò Santoro Quagliata, Michele

Patroniti [. . .] schuldig sind, Massaker, Verwüstung und Plünderung zum Schaden der bürgerlichen Klasse der Gemeinde Alcàra im Sinn der Strafgesetzordnung verübt zu haben?

DAS GERICHT

In Anbetracht . . .

Aufgrund dieser Überlegungen erklärt das Gericht einmütig

ES STEHT FEST

[. . .]

Nachdem auf diese Weise die Frage nach dem Tatbestand geklärt war, schritt das Gericht zur Verhängung der Strafe und verurteilte einige zum Tode, andere zu zeitlichen Strafen, milderte dabei jedoch die Strenge des Gesetzes und empfahl einige der zum Tode Verurteilten der Gnade des Diktators.

Es gab indessen noch Angeklagte, die untergetaucht waren. Sie ließen nichts unversucht, um ihre Freisprechung zu erreichen – doch das Gericht blieb ihren Gesuchen gegenüber taub; nicht taub dagegen zeigte sich der Generalstaatsanwalt, der nach Auflösung der Sondergerichte an den Obersten Gerichtshof in Messina versetzt worden war (Herr Interdonato).

Ihm wurde ein Gesuch vorgelegt, in dem die Untergetauchten darum baten, in den Genuß der am 29. Oktober in Neapel erlassenen Amnestie zu kommen. Sie waren sich klar darüber, daß keine andere Amnestie ihr Schicksal wenden konnte. Aber ihnen war unschwer zu antworten, daß eine Amnestie, die sich auf Bluttaten bezieht, welche während des Aufstandes und anläßlich des Aufstandes begangen worden sind, nicht auf Raub und Plünderungen angewendet werden kann, denen Rachgier und Gewinnstreben zugrunde liegen. Gleichwohl fand der Generalstaatsanwalt die Antwort nicht so eindeutig und glaubte der Regierung die Frage vorlegen zu sollen, »ob die Bedingungen für die Amnestie notwendigerweise so zu verstehen seien, daß die Verbrechen sowohl während als auch anläßlich des Aufstandes begangen wurden«.

Auf diesen Zweifel geruhte die Regierung zu antworten, was sie auch hätte unterlassen können, und die Ausführungen ihrer Antwort, die in den Nummern 161-165 der Amtlichen Mitteilungen veröffentlich wurde, lassen sich in dem Satz zusammenfassen: »Wo das Wort klar ist, bedarf es keiner Auslegung.«

Nachdem der erste Versuch fehlgeschlagen war, gebrach es nicht an Mut zu einem zweiten, der es jedoch darauf anlegte, das alles sei Sache der Gerichtsbarkeit und keinesfalls der Regierung, da diese sich nicht zu unwürdigen Gefälligkeiten hergibt. So wurde ein neues Gesuch eingereicht, das darum einkam, den Urhebern der Massaker, des Mordens und Plünderns im Bürgerkrieg von Alcàra die Gefängnisse zu öffnen und die Ketten aufgrund des Erlasses vom 17. Oktober abzunehmen, in dem der Diktator mit großer politischer Weisheit erklärt hatte, die Taten derer seien nicht als Verbrechen anzusehen, die von bourbonischen Gerichten angeklagt oder auch verurteilt worden seien, weil sie versucht hatten, die inzwischen gestürzte Despotie zu Fall zu bringen.

Nun gut. Doch wer würde es glauben? Der Generalstaatsanwalt hat sich von dieser Idee überzeugen lassen und hat ein Dokument unterschrieben, das den Unterschied zwischen hochherzigem Gefühl und gemeiner Leidenschaft, zwischen einem edlen und einem niederträchtigen Menschen, zwischen freiheitlich Gesonnenem und Mörder verwischt.

[. . .]

Damit hat ein Generalstaatsanwalt unterstellt, als Depretis, der Vertreter Garibaldis, des Diktators von Süditalien, die Ansicht äußerte, Taten, die während der bourbonischen Besetzung als politische Verbrechen galten, gäben zur Bestrafung keinen Anlaß, sondern seien Verdienste ihrer Urheber um die gemeinsame Mutter Italien, und so habe Depretis dem Dieb wohlwollend zugelächelt, dem Mörder die Hand geschüttelt, Räubereien, Totschlag, Massaker, Plünderung und Bürgerkrieg gutgeheißen . . . Da sehe Gott zu. War das wirklich Garibaldis Gedanke? Sind diese Leute (Diebe, Mörder und Brandstifter) wahrhaftig verdienstvolle Söhne der gemeinsamen Mutter Italien? Wie kann man nur diese heilige Erde soweit erniedrigen, daß man sie zur zärtlichen Mutter des Abschaums der Menschheit macht?

Ein Generalstaatsanwalt hat behauptet, die Massaker, Verwüstungen und Plünderungen in Alcàra hätten dazu gedient, die bourbonische Regierung zu Fall zu bringen . . . eine böse Überraschung: Glaubt er denn, daß man rauben und plündern muß, um ein verhaßtes Regime zu stürzen? Hält er diese Taten für notwendig? Betrachtet er sie zumindest als erlaubt? Man mag ihm das zubilligen, wenn er freiheitlich Gesonnene nur dieses Schlages kennt; aber wann in aller Welt hat der Erlaß vom 21. August die grausamen Taten legitimiert, die begangen wurden, um die bourbonische Regierung zu stürzen? Der Erlaß spricht lediglich von Urteilen, die von den Gerichten über Taten gefällt wurden, »die während der bourbonischen Besatzung als politische Verbrechen galten.«

Über die Vorkommnisse in Alcàra hatten indessen nicht bourbonische Gerichte geurteilt, sondern solche, die von dem Diktator eingesetzt worden waren, das heißt Revolutionstribunale; dem Generalstaatsanwalt ist also eine entsetzliche Verwechslung unterlaufen [. . .]

Der Generalstaatsanwalt und nur der Generalstaatsanwalt hat Diebe, diese Pest der Gesellschaft, mit den Märtyrern der Freiheit, Gegenstand der Verehrung und Bewunderung, verwechselt [. . .]

Die Gesellschaft ist durch diese Entscheidung in ihrem Lebensmark getroffen worden. Wird es gesetzliche Heilmittel dafür geben? Ich weiß es nicht.

Die Regierung will den Richtern Entscheidungsfreiheit lassen, und sie tut gut daran. Doch das gilt nur für gute, kluge und urteilsfähige Richter. Wenn aber die Freiheit sich in Zügellosigkeit verwandelt, wenn ein Gericht seine Aufgabe verrät und, anstatt die Gesellschaft zu schützen, ihr Schaden zufügt; wenn derjenige, der zum Wahrer des Gesetzes bestellt ist, es in aller Offenheit und Unverschämtheit verletzt, so bleibt in diesem Fall der Regierung nur ein Weg: Sie rufe den Verurteilten zu sich, sie prüfe ihn, und wenn die Darlegungen über ihn zutreffen, dann verurteile sie die Urteilenden und bestrafe sie. Damit wird sie deren Fehler korrigieren und den anderen ein Beispiel vor Augen stellen.

Palermo, den 18. Dezember 1860   Luigi Scandurra

Zweiter Anhang

*Gemeinde Patti – Provinz Messina – Standesamt – im Jahr
1860 – Totenschein für Giuseppe Sirna Papa.*

Ordnungszahl 171 einhunderteinundsiebzig.
Im Jahr eintausendachthundertundsechzig, am 21. August,
um 14 Uhr.
Erschienen vor uns, Giuseppe Natoli Calcagno, Vorsteher
und Bediensteter des Standesamtes der Gemeinde Patti,
Bezirk Patti, Provinz Messina, Giovanni Campione, zwei-
undvierzig Jahre alt, von Beruf Totengräber, Angehöriger
des Königreiches, wohnhaft in der Strada S. Michele, und
Francesco Fallo, vierzig Jahre alt, Beruf wie oben, Angehö-
riger des Königreiches, wohnhaft wie oben.
Sie erklärten, am zwanzigsten August dieses Jahres um elf
Uhr sei auf dem Piano S. Antonio Abate Giuseppe Papa
Sirna, sechsundzwanzig Jahre alt, geboren in Alcàra, von
Beruf Tagelöhner, wohnhaft in Alcàra, Sohn des Giuseppe,
von Beruf Tagelöhner, wohnhaft wie oben, Mutter mit
unbekanntem Wohnsitz, strafweise durch Erschießung zu
Tode gekommen.
In Ausübung des Gesetzes haben wir uns gemeinsam mit
den genannten Zeugen zu dem Verstorbenen begeben und
haben seinen tatsächlichen Tod festgestellt. Darauf haben
wir die vorliegende Akte angelegt, in zwei Register eingetra-
gen und sie nach Verlesung vor den beiden Zeugen, da sie
erklärt hatten, nicht schreiben zu können, unter dem oben
genannten Datum selbst unterschrieben.

Giuseppe Natoli Calcagno

Dritter Anhang

Aufruf des Prodiktators Mordini

ITALIENER SIZILIENS!

Als ich zur Macht kam, sagte ich euch: Eure Geschichte verpflichtet euch zur Größe.

Jetzt ist es notwendig, diese Größe zu beweisen.

Um die Erfüllung eures Schicksals zu beschleunigen, habe ich vor wenigen Tagen einen Weg eingeschlagen, den andere Völker Italiens schon unter dem Beifall Europas gegangen sind. Ich wählte diesen Weg, weil er die Billigung des Diktators fand, zu einem feierlichen Versöhnungs- und Friedenspakt führte und die spätere Anwendung eines anderen Prinzips nicht ausschloß, dessen leidenschaftlicher Vertreter ich immer gewesen bin.

Heute haben neue Vorfälle die Verhältnisse der vergangenen Tage verändert.

Schluß also mit allem Zögern.

Jetzt geht es darum, einmütig das Vaterland zu schaffen.

ITALIENER SIZILIENS!

Sorgt dafür, daß am 21. Oktober, wenn über eure Zukunft entschieden wird, die Tiefe der Urne für die Völker der Halbinsel die bewegende Ankündigung entläßt: In Sizilien gibt es keine Parteien mehr.

Das wird für Garibaldi der beste Beweis eurer Liebe sein und für mich der Trost, wenn ich von euch scheide.

Palermo, den 15. Oktober 1860. Der Prodiktator
Mordini

Inhalt

Die Stunde der Leoparden
Italien:
Leben, Landschaft, Geschichte

Elizabeth von Arnim
Verzauberter April

Roman
st 2601. 274 Seiten

Vier ernsthafte englische Damen brechen aus ihrem All-
tagsleben aus und mieten sich in einem mittelalterlichen
Castello am italienischen Mittelmeer ein. Dort entdecken
sie Italien – und, ganz beiläufig, auch sich selbst.

Gesualdo Bufalino
Klare Verhältnisse

Roman
Aus dem Italienischen von Hans Raimund
st 2602. 172 Seiten

An einem heißen Tag im August wird ein berühmter
Verleger von einer herabstürzenden Aischylosbüste tödlich getroffen. War es ein Mord? In Briefen, die er zurückgelassen hat, beschuldigt er nacheinander seine
Ehefrau, seinen Kompagnon und schließlich den Geliebten seiner Frau, liefert Indizien und Motive. Aber der
Verblichene hat nicht mit seiner ihm ergebenen, eigen-
sinnigen Sekretärin gerechnet ...

Gianni Celati
Landauswärts

Aus dem Italienischen von Marianne Schneider
st 2603. 173 Seiten

Vier poetische Reisetagebücher führen durch die Gegend des Podeltas, die zahlreichen Arme des großen Flusses entlang bis zum Meer. Der erste Bericht erzählt von einer Fußreise durch das Land um Cremona in den ersten Tagen nach der Explosion des Kernkraftwerks von Tschernobyl.
Der zweite handelt von einer Erkundung der Dämme des Po. Der dritte enthält eine Besichtigung des trockengelegten Sumpfgebietes bei Ferrara. Der vierte spricht von einer abenteuerlichen Reise zu den Mündungen des Po, von der Suche nach den Grenzen des Festlands, dem äußersten Horizont, der Schwelle zu etwas anderem.

Vincenzo Consolo
Das Lächeln des unbekannten Matrosen

Aus dem Italienischen von Arianna Giachi
st 2604. 168 Seiten

Vincenzo Consolo schildert in seinem historischen Roman das Sizilien des Jahres 1860, als Garibaldis Truppen die Insel eroberten und befreiten – und die Armen doch wieder das Nachsehen hatten. »Mit dem bedeutenden Roman *Das Lächeln des unbekannten Matrosen*«, schrieb Michael Krüger, »gelingt es Vincenzo Consolo auf überzeugende Weise, das ramponierte Genre des historischen Romans zu aktualisieren. Sein Szenario Siziliens enthält alle Elemente eines spannenden Romans – Intrige, Kampf, Liebe, Landschaft, die Auseinandersetzung zwischen Adel, Bürgertum und Volk.«

Gabriele d'Annunzio
Der Kamerad mit den wimpernlosen Augen

Aus dem Italienischen von Karin Fleischanderl
Mit einem Nachwort von Katharina Maier-Troxler
st 2605. 160 Seiten

Januar 1990: Gabriele d'Annunzio arbeitet an seinem venezianischen Roman *Feuer*. Da erhält er überraschend Besuch von einem ehemaligen Schulfreund, dem Kameraden, der – wie Napoleon – Augen ohne Wimpern hatte. Die Begegnung läßt die gemeinsame Schulzeit in Prato Revue passieren. Dieser Entwicklungsroman gibt Aufschluß über das Werden eines der berühmtesten Dichter Italiens.

Natalia Ginzburg
Caro Michele

Der Roman einer Familie
Aus dem Italienischen von Arianna Giachi
Mit einem Nachwort von Katharina Maier-Troxler
st 2606. 194 Seiten

›Caro Michele‹ beginnen die meisten der Briefe, aus denen das Buch besteht, geschrieben von der Mutter, der Schwester, dem Freund und von Mara, die ein Kind hat, dessen Vater Michele sein könnte. Michele löst in ihnen allen das Gefühl der Zuneigung aus. Doch die Zuneigung zu jenem vor sich selbst flüchtenden Michele beruht auf Selbsttäuschung. »Natalia Ginzburgs beredtestes Buch tut unerbittlich und illusionslos dar, wie wenig Beredsamkeit vermag, wenn sie nichts im Sinn hat als sich selber und Beschwichtigung des schlechten Gewissens.« *Frankfurter Allgemeine Zeitung*

Hermann Hesse
Italien

Schilderungen, Tagebücher, Gedichte, Aufsätze,
Buchbesprechungen und Erzählungen
Herausgegeben und mit einem Nachwort versehen
von Volker Michels
st 2607. 526 Seiten

»Alle freiwilligen Reisen meines Lebens waren nach
Süden gerichtet«, schrieb Hermann Hesse einmal. Nach
Italien ist er besonders gern gereist. »Man holt sich da«,
schrieb er 1904, »eine Frische und Freiheit und zugleich
einen inneren Besitz an Freude und Schönheit, der alles
aufwiegt.« Sein Italienbuch ist ein alternativer Führer
durch die Landschaften, Städte und die Kunstgeschichte
Italiens.

Wolfgang Koeppen
Ich bin gern in Venedig warum

st 2608. 70 Seiten

»Wie oft ich komme, mit der Eisenbahn über den Damm,
durch die gleißende Lagune, im Zug Paris–Venedig,
München–Venedig, zu Schiff, von der Adria, von den
Tempeln, von den Säulen ... Venedig lockt, fängt ein,
verführt mit seinem Licht, seiner Wasserluft, der Geister-
luft ... Der Reisende wird aus der Bahn geworfen. Er ist
an Land gesprungen, des Abenteuers gewiß.« Wolfgang
Koeppens Erinnerungen an Venedig »entschlüsseln sehr
schnell ihren Zauber, der Koeppens Texten immer eigen
war«.   *Andreas Müller, Darmstädter Echo*

Guido Morselli
Liebe einer Tochter

Roman
Aus dem Italienischen von Arianna Giachi
st 2609. 300 Seiten

Guido Morselli, einer der bedeutendsten italienischen Romanciers des 20. Jahrhunderts, erzählt von einer verhängnisvollen Liebe einer Tochter zu ihrem Vater.

Valeska v. Roques
Die Stunde der Leoparden

Italien im Umbruch
st 2610. ca. 310 Seiten

»An einem heißen sizilianischen Morgen im Sommer 1992 steht der Lastwagenfahrer Giuseppe Balducci auf der staubüberwehten Straße vor seinem Haus und schwört Rache.« So beginnt Valeska v. Roques' brillanter Bericht über die Wandlungen und Verwandlungen im Italien der 90er Jahre. Mit einer »Mischung aus kluger Analyse und farbiger Reportage, wobei vor allem die Hauptdarsteller der italienischen Polit-Szene kritisch und zugleich einfühlsam portraitiert werden« (Die Zeit), berichtet die Spiegel-Korrespondentin Valeska v. Roques aus dem neuen Italien: ein Blick hinter die Kulissen von Mafia und Korruption, Neofaschismus und Separatismus. Ein Krimi und zudem eine Empfehlung für alle, die Italien nur von der Ferienseite sehen.

Salvatore Satta
Der Tag des Gerichts

Roman
Aus dem Italienischen von Joachim A. Frank
st 2611. 306 Seiten

Der Tag des Gerichts, Sattas Hommage an seine Heimat, erzählt die Geschichte der Sanna Carboni, einer in Nuoro auf Sardinien ansässigen alten, wohlhabenden Familie – und zugleich die Geschichte von ganz Nuoro, angefangen bei den Honoratioren und den reichen und bleichen Frauen bis hin zu den Hirten und Banditen und Müßiggängern, den Priestern, Vagabunden und Prostituierten.

Alberto Savinio
Stadt, ich lausche deinem Herzen

Aus dem Italienischen von Karin Fleischanderl
st 2612. 400 Seiten

Alberto Savinio beschreibt die Stadt, in der er zu Hause ist. Die Straßenzüge von Mailand sieht er als Korridore und ihre Palazzi als Zimmer einer großen Wohnung, darin die Lebenden und die Toten aus und ein gehen. »Dies ist ein Buch, in dem der Leser untergehen kann, ein wildes Buch, ein üppiges, ein manieristisches, ein überbordendes, ein chaotisches, ein herrliches, ein verwirrendes Buch.«

Wolfgang Hädecke, Stuttgarter Zeitung